上班族很忙
也能考高分的
英語
自學法

英語教室「Aki 塾」創辦人
Aki——著　游念玲——譯

晨星出版

用英語改變人生！Aki的英語路線圖

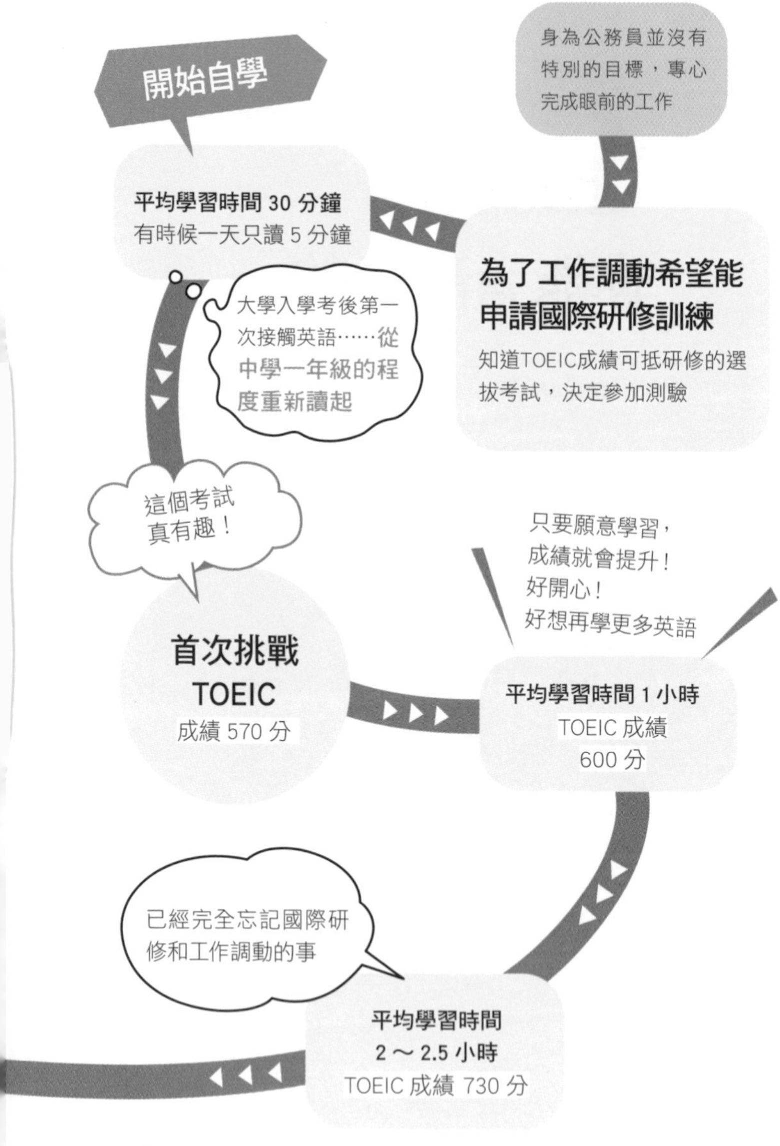
身為公務員並沒有特別的目標，專心完成眼前的工作
為了工作調動希望能申請國際研修訓練
知道TOEIC成績可抵研修的選拔考試，決定參加測驗
開始自學
平均學習時間 30 分鐘
有時候一天只讀 5 分鐘
大學入學考後第一次接觸英語……從中學一年級的程度重新讀起
這個考試真有趣！
首次挑戰
TOEIC
成績 570 分
只要願意學習，成績就會提升！好開心！好想再學更多英語
平均學習時間 1 小時
TOEIC 成績
600 分
已經完全忘記國際研修和工作調動的事
平均學習時間
2 ～ 2.5 小時
TOEIC 成績 730 分

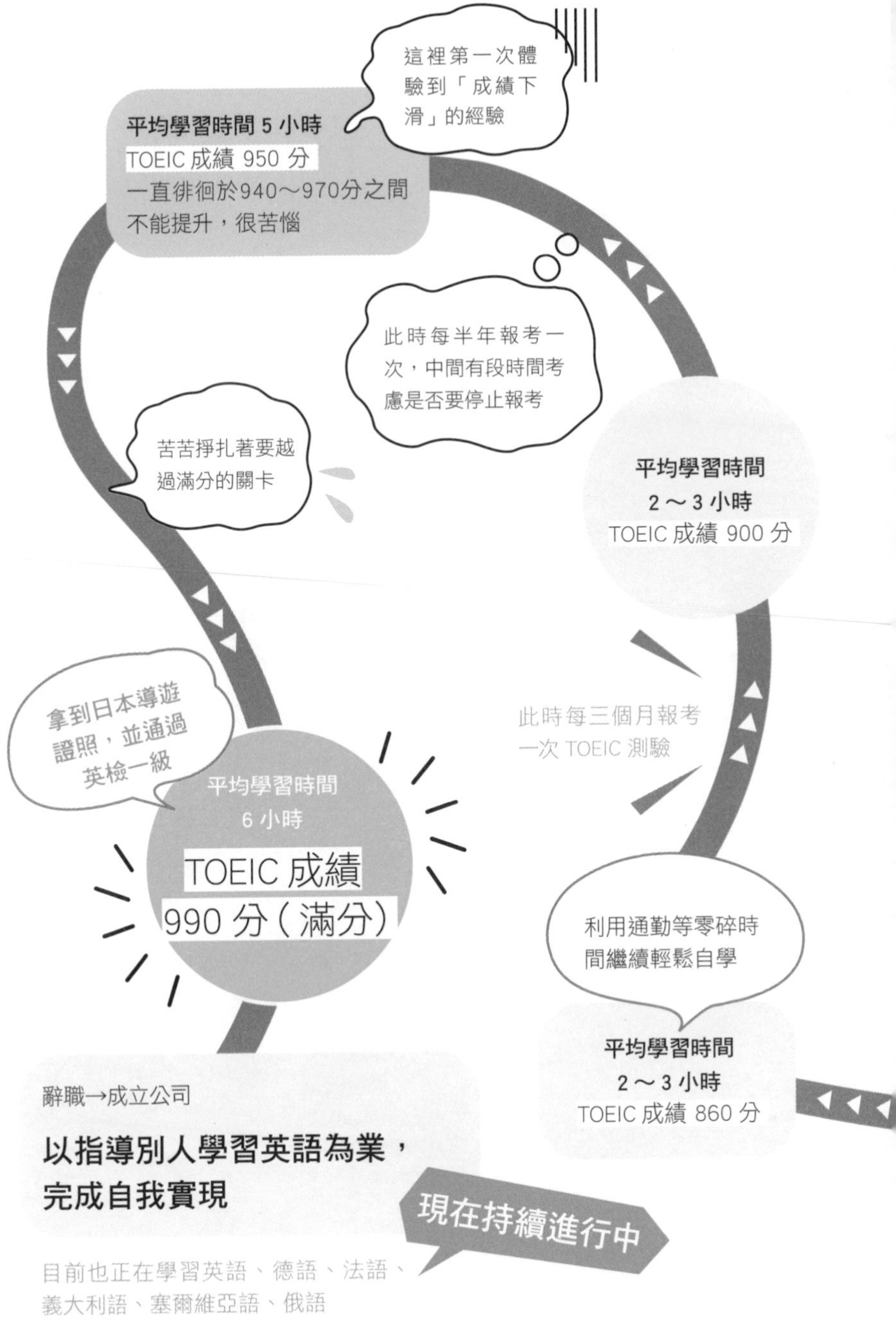
平均學習時間
2～3 小時
TOEIC 成績 860 分
利用通勤等零碎時間繼續輕鬆自學
此時每三個月報考一次 TOEIC 測驗
平均學習時間
2～3 小時
TOEIC 成績 900 分
此時每半年報考一次，中間有段時間考慮是否要停止報考
平均學習時間 5 小時
TOEIC 成績 950 分
一直徘徊於940～970分之間不能提升，很苦惱
這裡第一次體驗到「成績下滑」的經驗
苦苦掙扎著要越過滿分的關卡
平均學習時間
6 小時
TOEIC 成績
990 分（滿分）
拿到日本導遊證照，並通過英檢一級
辭職→成立公司
以指導別人學習英語為業，
完成自我實現
現在持續進行中
目前也正在學習英語、德語、法語、義大利語、塞爾維亞語、俄語

工作與自學兼顧的
平日時間分配圖

剛開始自學時

平均學習時間 30 分鐘

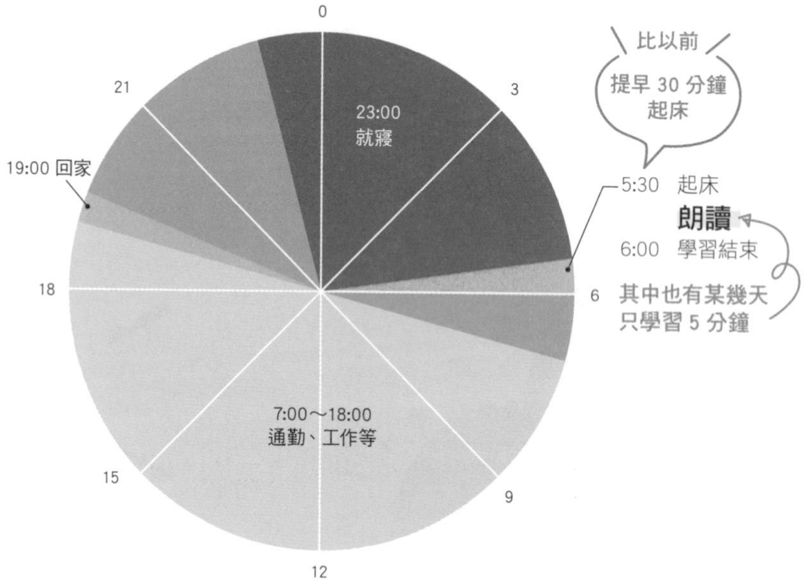

假日作息

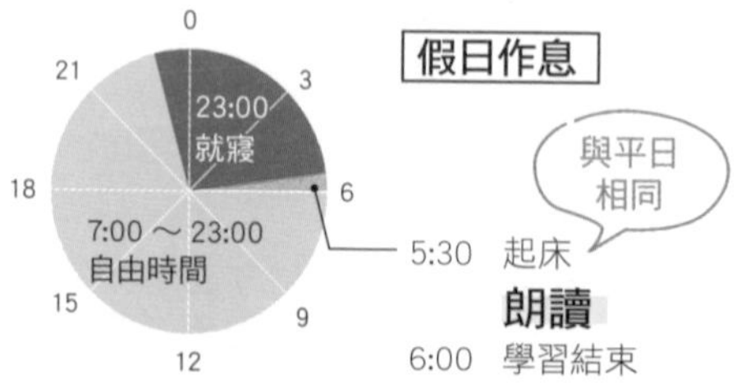

3個月後

平均學習時間1小時

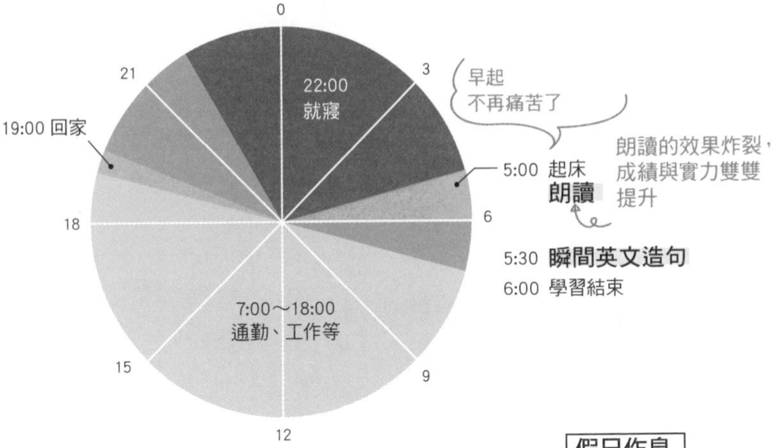

假日作息

隨著目標成績的提升，
學習時間也要增加

1年後

平均學習時間2～3小時

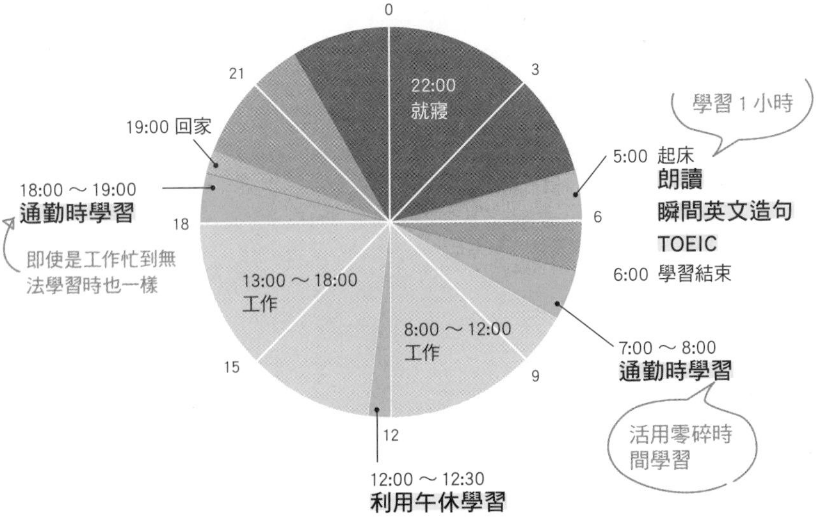

不要浪費時間和金錢重學英語！

我出社會之後，才重頭開始認真學習英語。

透過不斷自學努力，不但讓我拿到了TOEIC® L&R TEST滿分，通過英検®❶一級，也取得了日本導遊證照❷。

大家看到我的成果，可能會以為我是海外歸國子女，或者曾在國外留學好幾年，抑或是大學英語系出身，事實上完全相反。

我從來沒有出國留學，也沒有去過英語會話班補習。

我只是一名日本的公務員，直到2021年為止都在工作崗位上服務，而且工作中幾乎沒有機會使用到英語。

「我想重頭好好學英語。」

※ L&R 指 LISTENING AND READING。

※ 英検® 是「公益財團法人 日本英語檢定協會」的登錄商標。

prologue

雖然這麼想，但我很久沒有接觸英語了，茫然地從中學英語開始學起，對社會人士的我來說實在是個負擔。如同一個手上沒有地圖，只能在國外街頭漫無目的遊蕩的人一樣，我已經繞了很長一段遠路了。

儘管如此，當我實際開始學習英語之後，卻逐漸發覺其中的樂趣。隨著英語能力的提升，我眼前的世界變得愈來愈廣闊。

人生有了切切實實的轉變。

這使我更求知若渴地學習英語……

然而，當時我是一名公務員，為了學英語而花費的時間、精力、金錢都有上限。

所以，我深入思考、徹底調查了增強效率的方法，最後為自己量身訂做出一套獨特的學習方式。這番苦心沒有白費，最終讓我取得了開頭提到的那

❶日語原文「英検®」指「日本實用英語技能檢定」，以下簡稱「英檢」。

❷日語為「全国通訳案内士」，即日本導遊證照。

些豐碩成果。

本書是我多年來學習英語的筆記。

透過這本書，希望能幫助讀者們徹底排除浪費時間、浪費精力的學習法，讓大家在持之以恆的努力下，建立起新的學習方法與思考方法，使英語成為生活的一部分。

雖然我是為了挑戰TOEIC而重新開始學習英語，但本書的內容將提供更有效率的方法，幫助大家全方位提升英語實力。

無論是想靠英語為職涯加分的上班族，還是想學習英語會話、提高學校成績的學生，當然還有想提高TOEIC分數的人……不管想達到什麼程度，都有共通的學習要點，本書將會毫不保留地一一說明。

許多人儘管想要加入英語學習的行列、想重新開始學習英語，卻難以跨出第一步，又或者早已經歷了無數挫折。

prologue

請放心，我自己就是從中學英語開始重新學習，一路走到這裡。

我非常了解大家在時間有限的情況下還要學習有多不容易，不但要擠出所剩不多的時間，還得拖著疲憊的身體，當中遇到的種種困難與煩惱，我都深有體會。

我就是這樣憑著一己之力克服了所有的問題。

你一定也能做得到！

學習英語不僅讓我獲得了知識與技術，還培養出我的耐力、創意、好奇心，並結交到一群志同道合的夥伴，跨出了「日本」、「日語」、「日本人」這條界線，走向無邊無際的遼闊新世界。

除去公務員這個外在頭銜，這是我第一次靠自己的努力獲得的「私人財產」。如果我過著以工作為重的日子，絕對不可能擁有這一筆財產。

英語帶給我自信心，是我面對外界的武器。

2021年春天，我辭去了公務員的工作，獨立開設自己的公司。

目前，我從事英語教練❸一職，工作內容主要是指導英語學習技巧。

除了英語之外，我現在也對其他語言（德語、法語、義大利語、塞爾維亞語、俄語等等）相當感興趣，每天持續學習。

學英語未必能讓你獲得理想的職業。

也不保證能擁有穩定的薪資。

更不一定會發生人生大逆轉之類的奇蹟。

但是，英語必定會改變你的人生。

學習英語會帶給你全新的發現、喜悅以及成長。

最重要的是，它會賦予你真正的自信。

讓人獲得自信的方法很多，包括工作、運動等等，但我可以明確地告訴你，英語是一門「做了就會成功」的技能。

要學會英語不需要什麼特殊能力，英語只是許多語言中的一種，就像我們能靈活使用自己的母語[4]一樣，只要願意學習，就一定能學會英語。

如果你一直學不會，或者在學習過程中遭遇了許多挫折，那只是和從前的我一樣，沒有拿到正確的地圖罷了。但從現在起，一切都會迎刃而解。

學會英語實在是太棒了！

現在的我每天都這麼想。

所以，我誠摯地推薦大家這本書。

請一起來學「英語」吧！

[3] 日本的英語教練有別於普通的英語教師，他們替學生量身規劃學習計畫，協助學生依計畫執行學習進度，在過程中指導學生克服學習上的困難並適度調整，直到學生達成預定目標為止。收費通常較英語補習班昂貴。

[4] 此處作者原文為「日語」，為了方便讀者理解，本書將同樣情況的「日語」代換為「母語」，不再另行加註。

Contents

Chapter 2

確實掌握聽、說、讀、寫四技能的學習重點

Contents

Chapter 3

利用多益測驗極致提升英語實力！攻略法教學

—— 133

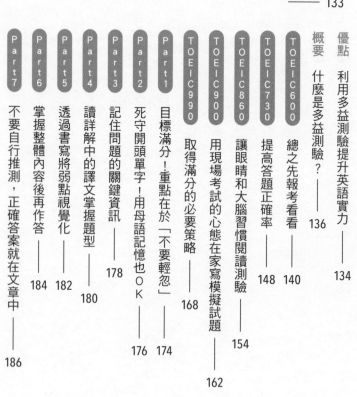

Chapter 4

將「做不到」轉變成「想努力」的自學心理

Contents

※TOEIC® 為ETS之登錄商標，全名為「Test of English for International Communication（國際交流用英語測驗）」，評量考生在實際溝通情境中的英語能力，由美國非營利機構ETS（Educational Testing Service）研發製作。
※TOEIC® 有兩種測驗，評量聽力與閱讀能力的測驗為「TOEIC® LISTENING AND READING（L&R）TEST」，評量口說與寫作能力的測驗為「TOEIC® SPEAKING AND WRITING (S&W) TEST」。
※本書寫為「TOEIC」或「多益」時，即表示「TOEIC L&R TEST」，若有必要，將分別寫為「TOEIC L&R TEST」、「TOEIC S&W TEST」。

Chapter 1

自學時
應該掌握的
重要事項

01 英語能靠自學成功

——事實上，大家都是經驗豐富的英語學習者

在英語學習上，我既沒有留學的經驗，也不曾上過英語會話補習班。雖然曾參與過線上的英語會話練習，但那是很後面的事情了。我從自己搜集教材，一個人學習開始，一直到取得TOEIC滿分為止，這差不多是我一貫的學習方式。

就我的經驗而言，英語是可以透過自學訓練的。

理由大致上可分為四點。

第一點，因為許多人都不是「第一次」接觸英語。大家多多少少都曾在學校上過英語課，即便忘記課程內容，也都曾親身體驗過。只要挖出深藏的記憶，回想上課時的情

景，就算一時之間沒有老師教學，依然有許多能做的作業。

畢竟我們已經有英語的學習經驗了，知識上並非從零開始。

第二點，因為我們身邊的英語教材多如繁星。只要在網路上搜尋，就有許多免費的App和工具能使用，例如YouTube上便有一大堆英語學習影片，其中還有外國人製作的頻道。

我們可以找到符合自己程度和目標的教材，要多少有多少。

第三點跟教材一樣，因為我們可以自己找到學習方法。

我剛開始自學英語時，買了一本《英語進步完全手冊》（原書名《英語上達完全マップ》，森澤洋介著，日本Beret出版），我從這本書中獲得教材和學習法等相關知識，再配合自己的生活量身訂做學習計畫（希望本書能成為你的「完全手冊」！）。

第四點是時間。如果選擇上英語補習班，確實可能在短時間內提高學習成果，但花費的金錢不但遠多於自學，時間也沒有彈性。

當時的我從早工作到晚，實在沒有力氣去補習班上課。相較之下，我更想按照自己的步調利用零碎時間，專注於適合自己的方法上。對身為公務員的我而言，孰優孰劣一目瞭然。

面對各式各樣的學習法，先試試看再說，試過之後覺得不錯便持續進行，覺得不如預期再喊停也不遲。

這是一段反覆試錯的過程，若想在學習上獲得成就，事實上這是最佳捷徑。

如果你覺得本書的某些學習法看起來適合你，歡迎嘗試看看，不適合也不勉強，再翻到別頁去試試其他方法。

以下是相當重要的內容，因此我要在本書的一開頭便向各位表明。

學習英語可不是「購物」行為，而是讓你「掌握一門技術」。因此，即便你一口氣投入大把鈔票，也不可能馬上就會說英語，更不可能考到TOEIC滿分。它跟運動一樣，需要反覆地練習，才能愈來愈進步。世上不存在一晚就能學會英語的「魔法」。

總而言之，大家先實際做做看，在不斷練習的過程中，總會遇上煩惱與迷惘。當你判斷是時候該借助外力時，再到英語補習班上課。

從事英語指導工作的我老實告訴大家，其實沒必要馬上就報名補習班，仰賴別人的指導是最後的手段。

英語學習可以從自學開始，靠著自學就會愈來愈有實力。真誠面對自己的學習之路，必然能結出甜美的果實。

期盼本書能幫助讀者們點燃火種，保持學習動力。

02

永遠保持期待感

——學英語本來就是一件快樂的事

曾經有段時間，我把自己逼得焦頭爛額，就為了取得TOEIC的高分成績。我要求自己一天必須讀○個小時、必須寫○題練習題、必須做更多功課……。心裡總是充滿了焦慮與不安，老實說真的很痛苦。

然而，我認識的線上英語會話老師，以及學日語的外國朋友，大家說起日語都相當流利。

我好奇地詢問他們如何學日語，幾乎所有人都開心地告訴我是從YouTube或日本動畫中學習。

這個答案一開始令我大失所望。

YouTube？動畫？那些不是消遣用的娛樂活動嗎？

但實際上，這些媒體素材藏著超越娛樂的效果，因為YouTube和動畫「很有趣」，所以他們在影像和聲音裡紮紮實實地學會了日語。

觀看有興趣的影片和動畫：
⬇想知道更多內容
⬇繼續看
⬇在不知不覺間記住日語
⬇有時還會自己去找相關的內容

這樣的良性循環，對於語言學習有非常卓越的成效。

他們沒有人埋頭研究困難的文法書或試題本。

當然，基本的文法和語彙還是必須從教科書當中學習，但對那些外國人來說，他們更重視日語帶來的「趣味性」。

了解他們的心態後，我才明白原來還有這種學習方式。

日本人很少會有這樣的想法。

尤其當我還在讀高中時，課堂上的英文老師總是單向教學，學生們被動接收，完全沒有開口練習的機會。

使用自己感興趣的題材，快快樂樂地學習。

學英語的目的如果是針對TOEIC或英檢之類的「考試」，很容易就讓人將精力放在試題本上，光憑各種影片和有聲書學習，可能很難應付這類型的考試。但是，我們可以讓自己保持著愉快而期待的心情寫題目。

我學英語並不是只寫模擬試題，其他都不管，拿TOEIC來說，我會仔細地搞懂題目，然後尋找能用在線上英語會話課的句子，當我實際應用在對話裡時，開心的程度真是無與倫比。這讓我知道，自己腦袋裡的英語庫存量愈來愈多了，並且確切感受到語言是一門愈用愈熟練的技術。

02

或許有人會這麼想：「你說的我都知道，快樂學習雖然很棒，不過……僅僅如此我還是無法學會英語。」

但是，**如果你有心想認真學英語，表示你心中的某個角落一定覺得自己喜歡英語，或者做這件事讓你很開心**。當你學得很痛苦，那只是因為這份開心的感覺被各種資訊和狀況掩埋在心底深處罷了。

大家不妨暫停接收新的資訊，聆聽心底的聲音。學英語時，你是抱著什麼樣的心情呢？

如果真的只感覺到痛苦，那就停止學習；如果不是，那心底某處應該會有「學英語真好」、「好想再繼續學下去」的感受。

請好好珍惜這份感受。

學英語之所以讓人感到痛苦，是不是因為你把自己逼得太緊，或者勉強自己用不適合的方法學習呢？

不妨聽一聽自己真實的心聲，想一想該用什麼心態來面對英語。

設定學習的目的與目標

——你為什麼要學英語？

03

雖然人人都說自己在「學英語」，但其中包含的意思卻非常廣泛。

舉例而言，請大家想像自己去購物時的情形。

來到家電量販店的人，不可能不知道自己想要買什麼。如果因為天氣酷熱而需要一台冷氣，就不會去冰箱區閒逛，而會去空調設備那一層樓挑選商品。

英語學習亦同此理。

購物時，我們會確認好店家及商品後才著手行動，一旦把場景切換到學英語，難道就搞不清楚自己該怎麼做了嗎？

以前，同事們經常對我說：「Aki，你的英語真好，可以教我嗎？」我實在不知道怎麼回答他而感到很煩惱，因為問我的人只是「想學英語」，對於自己「想學什麼？想學到什麼程度？」卻一無所知。

面對這種情況，我很想反問對方：

- 你是否很久沒學英語？
- 你以前考過TOEIC或英檢等證照考試嗎？
- 如果考過的話，當時考了幾分或什麼級別？
- 你最想加強聽、說、讀、寫的哪一項能力？
- 你一天能花多少時間學英語？
- 你現在用的英語參考書或試題本是哪一本？
- 你想用英語做什麼事呢？

每個人學英語的理由都不一樣，能花在學習上的時間以及想加強的能力也各有不同。

因此，打從一開始就明確地**設定想學習的內容以及想達到的程度**，這是至關重要的事。看不見目標的人會愈學愈吃力，很容易中途放棄。

我是因為職場研修的選拔考試需要有TOEIC600分，才開始學英語準備TOEIC測驗。

我想參加職場研修

⬇通過考試**（目的）**

⬇因此必須要有TOEIC600分

⬇規劃考過TOEIC600分**（目標）**

學英語要有目的與目標，然後付出與之相應的必要努力。

你要清楚地知道自己為什麼一定要學英語，應該做哪些事情，又該做到什麼程度。

當然，不免有人是不管三七二十一地就開始學英語，那便很難提高學習動力，因而後繼無力。

03

無論是多小的目的和目標都沒關係，即便當初只是個模糊的想法，但學會英語之後，肯定會成為自己理想的模樣。請大家在腦海中描繪出未來的樣貌，明確建立自己學英語的目的，然後再來考慮用什麼手段達成目的。

這是個非常簡單而理所當然的概念，從一開始學英語就不可以輕忽，如果沒有目的與目標，我們便會在學習的途中迷失方向。

為自己建立起一個目標，以通往最終的目的。

對當前的自己而言，這個目標就是理想的狀態，請下定決心朝目標前進，過程中你將湧出無窮的幹勁，產生學習的欲望，逐漸進入良好的循環。

04

選用感興趣的教材

——興趣能激發學習欲

曾有位英語母語者這麼說：「我教英語時可以看到兩種人，一種人中途放棄，一種人持續學習。選擇在中途放棄的人，是因為學英語時總是使用自己不感興趣的教材。以前我學外語時也是這樣，總覺得教科書和新聞報導有助於學習，但這麼做卻往往因為內容無趣而難以持久。」

聽到這番話，讓我茅塞頓開。

因為我也有相同的情形。以前有段時間，我逼著自己努力讀懂新聞報導，但這麼做不是因為內容有趣，而是為了提高英語能力。在這樣的理由下，學習是無法持久的。

當我考過TOEIC700分之後，才開始閱讀英語新聞。坦白說，新聞不僅內容困難，而且讀起來一點也不有趣。

因此我完全讀不進去，也就無法持續下去，簡直是負面循環。

同樣是英語，當時的我一心想著TOEIC測驗，寫TOEIC練習題對我來說一點也不辛苦。

相反的，我覺得很快樂，解題讓我感到興奮不已。

「會英語真帥氣」、「大家都覺得你好厲害」、「能力很強哦」，這些讚美並不是我們學英語的主要理由，**請把心態調整成「學英語真快樂」、「學習時連時間都忘了」，如此一來，肯定能讓你自然而然學會英語，而且進步神速**。

無論用什麼教材都沒關係，舉凡漫畫、戲劇、電影、繪本、兒童節目等等都可以。選擇教材時不要帶有無謂的虛榮感和自尊心，請誠實地面對自己的心，認清楚自己喜歡的主題、想做的事情，**學習真正讓自己心動的內容**。

教材最多選三樣

——不要搜集太多試題本

05

你擁有多少英語參考書和試題本呢？請檢視一下自己的書架，是否像百貨專櫃一樣擺滿了一本本參考書，堆積了大量的試題本呢？

如果能善加利用這些資源，有多少書擺在書架上其實不成問題。

所謂「善加利用」英語試題本，具體如以下狀態：

- 完全理解書中的單字和文法。
- 反覆多次解題（最少五次）。
- 無論聽力或閱讀都非常熟練。
- 加入朗讀、跟讀、背誦的練習。

如果還沒達到這樣的程度就又去找新的試題本，實在非常浪費資源。有些人不假思索就買下新的試題本，但每本都只寫了一半，不知不覺間囤積了大量的試題本。

就像過去的我一樣。

這個世界上充斥著大量的英語學習書。

我跟大家一樣，也擁有很多英語書。我經常上亞馬遜購物網站搜尋和TOEIC相關的新書，看到評價高的書或喜歡的作者寫的書，我一定會買下來。

不過，若自問有沒有好好利用這些書……我實在有很大的反省空間。

我有幾本試題本確實寫了無數次，寫完後也認認真真地複習了。大體而言，在我學英語的每段時期，能達到這種學習程度的書大約都保持在三本左右。

我買回來的試題本，幾乎都沒有好好寫到最後，即便有書寫的痕跡，也只是停留在表淺的程度。

買下書之後我就滿足了，並沒有善用它們。

那些書整整齊齊地排列在書架上，沒有重見天日的時刻，僅僅擺在那裡，沒發揮應有的價值。

這實在是太浪費了，倒不是金錢上的浪費，我指的是沒有充分使用教材這一點。

看到新品上市就想據為己有，這是人類的習性。

但如今我認為，不假思索地搜集那些新品是錯誤的行為。

擁有新品並不會讓自己變得優秀。

無論是什麼東西，只有善加利用，才能將其轉化為自己的血與肉。

想要獲得知識，並不需要擁有那麼多參考書。

唯有在打穩基礎並反覆練習，使基礎能力熟練到將近完美的程度，最後只剩實踐的步驟時，才需要運用大量的參考書和試題本實際演練。

如果只是沒頭沒腦地搜集一大堆參考書，那不過是為了滿足自己的購買欲，以及自以為追上同儕的安心感而已。

05

有時候，我會把自己四處搜購的參考書和試題本放在BOOK OFF❶或Mercari❷平台販售，整理書架後留下真正需要的書。

我只留下自己一定會讀的書！

無論是物品還是資訊，數量太多都會使人的思考力鈍化。

總之，請大家先整理書架吧！

一旦空出位置，新的事物很快就會蜂擁而入。

如果書架上的參考書和試題本經年累月都保持著嶄新的模樣，或者有不符合程度的書，不妨考慮整理掉吧！

❶BOOK OFF為日本最大的二手書連鎖店。

❷Mercari為日本的二手商品網路交易平台。

06

不要馬上尋找英語攻略

——攻略法是最後的提味祕方

在書店的英語教材陳列架上，看見書名寫著「〇天速成英語攻略！」時，真的非常讓人心動呀！似乎有這一本書就沒問題了。

因為想在短期內達到成果，我忍不住去翻閱、購買這一類的教材，直到真正學習英語之後，我才發現，光憑攻略法無法完整涵蓋所需學習的範圍。

我嘗試了各式各樣的ＴＯＥＩＣ攻略。

世上沒有那麼簡單的事，也沒有速成的魔法。

儘管知道自己不可以依賴英語攻略，但臨場考試時卻立刻運用書裡的技巧來解題，結果一敗塗地；我以為自己學會英語了，但在聽力測驗時，卻有好幾次想要中途離席。

後來我告訴自己，**絕對不可以依賴解題技巧，只要有實力，就算沒有那些偷吃步的小技巧也能解題**，接著將全副心力轉移到正統的英語學習上。

所謂的攻略法，換句話說就是「訣竅」，訣竅得建立在既有的基礎上。

若以料理來比喻，就像是烹煮咖哩時，如果想讓咖哩更好吃，可以放入碎巧克力、蘋果泥或一些特殊的香料，這便是最後的提味祕方。在此之前，必須先處理好各種蔬菜和肉類，放入鍋中熬煮，費了一番工夫後，方能展現出提味的價值。

最後的提味祕方，就是提升料理美味度的「訣竅」。要注意的是，即便一開始就馬上放入提味用的食材，也不會使料理變得更好吃，必須要有「湯底」的存在，才能運用訣竅來提升美味度。

學英語也是相同的道理，在追求所謂的攻略法或小技巧讓自己輕鬆應考之前，首先要有基礎實力。千萬不要被偷吃步的小技倆迷惑，而看不見學習的本質。

只要穩紮穩打，基礎牢固，無論遇到多強的暴風雨都能安然度過。

這樣的做法，乍見之下似乎繞了一大圈遠路，事實上卻是增強實力的最佳捷徑。

07 每天學五分鐘就行了

——降低學習門檻

學習進度因人而異，但如果一開始就訂立遠大的目標，許多人可能立刻就會遇到挫折，或把自己逼得愈來愈痛苦。

這是我的經驗之談。

我開始準備TOEIC之後，很快便感到特別焦慮。

「哎，聽力很糟糕，文法也危險了。」

「單字不行，就連閱讀也看不懂。」

面對這種情況，我發憤圖強，決定每天都要學習〇小時、背〇個單字以上。

結果僅僅幾天就令我感到挫敗，就連特地買回來的參考書和單字本也看不下去。之所以如此，都要歸咎於我設立太高的目標。說得清楚一點，就是我太高估自己的能力了。

為自己設立目標時，應該要符合自己當前的程度。**盡可能降低學習門檻**，例如一天背一個單字，這點很重要。**每天都要接觸英語，即使一分鐘也好**。一開始如果目標太高遠，肯定會消化不良。

學英語要講求實際，不要畫大餅。領悟這個道理後，我初期學英語的生活型態如下。

- 早上五點半起床。
- 朗讀教材到六點。

假日會寫幾次TOEIC官方全真試題，但最多以二、三個小時為限。

由於是在日常生活中排入「學英語」這個新的行程，突然要我花好幾個鐘頭學習，這實在辦不到。

順帶一提，我之所以選擇在早上學習而非晚上，是利用消去法做出的決定——因為晚上下班後太累，沒辦法學習。

儘管如此，如果遇到賴床的情況，我就只能學習五分鐘，這種情況不在少數。

但持續了三天、一週、一個月、三個月……之後，效果便慢慢顯現。

一天五分鐘也很好。

「我做到了！」

「今天也做到了！」

這種喜悅真是言語無法形容，每天實實在在感受到的成就感，就是對自己最高的肯定。三天、三週、三個月……持續學習的過程中，自己將逐漸擁有更多自信。

07

就這樣持之以恆，我對自己能持續「每日達標」感到相當快樂。

當學英語的過程進入這樣的良性循環後，自然能逐漸提高學習的門檻。

習慣的定義非常簡單，就是每天重複做相同的事情。

我們可以把門檻放低，設定自己有能力達成、觸手可及的目標，然後一步步付諸實行。

只要養成每天學習的習慣，學習狀態自然會漸入佳境。

重點是，不要過度學習。

當你開始學英語，正因為是剛開始，所以不要衝得太快，這就是持久學習的祕訣。

08 制定簡略的計畫

——避免「一事無成」的窘境

由於假日能爭取較多的時間學習，相當寶貴，自然有人希望能善加利用。然而，你是否經歷過有時間卻反而無法專心學習，進度不如預期的情況呢？

我有相同的經驗。平時下定決心要在週六、日完成各類型習題，但到了週日晚上，進度卻常常不如預期，甚至想再休息一天，這種情況經常發生。

之所以如此，是因為制定計畫時太過貪心的緣故。

從失敗的經驗中得知，我的計畫通常是「週六、日每天都要學習十個鐘頭」、「明天就要完成這一大疊練習題」這種類型。

用時數和習題數量所制定的計畫，在大多情況下都以失敗告終。因為制定的計畫超出了自己的能力。

而且，這些計畫把重點擺在時數和習題數量上，學習內容顯得不那麼重要。但相較於學習十個鐘頭，學習的實際內容才是重點所在。有定力坐在書桌前十個小時或許是件了不起的事，但在這段時間裡是否能保持專注卻是另一回事。如果身體坐在書桌前，卻動不動滑手機、發呆，甚至打瞌睡，那便與休息沒有兩樣。

等假期結束以後，才發現自己原本打算要學習十個小時，結果卻做不到。把場景換成寫練習題也會有同樣的問題。明明放假前還幹勁十足，一旦真正開始寫題目，往往會因為題目太多而感到疲乏，在過程中降低了解題的效率。每當遇上假期，相同的情形就會反覆發生。

在學英語的過程中，我也曾有這種感到辛苦的時期。

因此，我告訴自己：「不要制定不切實際的計畫」，並將其奉為座右銘，我的計畫如下。

- 保持45～60分鐘的專注力，待時間一到，即便沒有寫完也要停止。
- 盡量選擇較薄的試題本。
- 制定自己能夠在短時間內輕鬆完成的計畫。

這種做法不會造成壓力。

自己想學的內容幾乎全部都能按照計畫完成，而且能做很多事情。

原因就在於短時間內進行少量的學習。

大家在時間充裕的情況下，往往會充滿幹勁往前衝，這份心情我非常了解。

但人類是會疲勞的，專注力也有用盡的時候。

08

因此，請不要過分相信自己的力量。

不要以為自己可以一口氣完成大量的作業。

請抱持著「先做到這個程度就好」的心情，制定簡略的計畫。

這麼做是為了避免因筋疲力盡而導致計畫失敗的結果。

實際進行計畫時，如果仍有餘力完成額外的作業，便可視為自己的好運道。

抱著這樣的心態制定計畫，才能有效利用時間。

與其設定了一看就想放棄的高遠目標，讓自己遭遇無數次的挫敗，倒不如反其道而行。畢竟，最重要的還是「完成計畫」所帶來的成就感。

原本不起眼的小目標將會愈變愈大，大得超乎我們的想像。

我們不但能逐漸提升自己的學習門檻，也能為計畫補上更多細節部分。

既然如此，在學習之初，實在不用急著制定出縝密的計畫。

09

即便學了又忘也沒關係
——增加「看過」的次數

不管學什麼東西，都需要做到某種程度的背誦工夫。而且，我認為每個人的能力基本上不會差太多，那些學得好的人，必然是在別人不知道時付出了極大的努力，這份努力非常簡單明確，總而言之便是「增加次數」。

增加接觸的次數，是鞏固記憶的最佳方法。

一天之內學習十個鐘頭，和十天當中每天都持續學習一個鐘頭，對學習內容的熟記程度並不相同。即便一天學十個小時，但如果剩下的九天完全不接觸的話，記憶就會逐漸淡薄。

所以別想著一次花大量時間學習，而要以多次累加的方式增加印象。

我尊敬的一位外語老師經常這麼說：「同樣的事只要反覆做過六次，就會爛熟於心。」如果六次還記不住的話該怎麼辦？很簡單，那就做七次！

談到背誦和理解，我忍不住想起中學和高中時期的日本歷史課。

考試前，我下定決心要把日本史教科書拿來從頭好好理解一番，但讀到一半卻愈來愈煩躁，又從頭開始讀起，就這樣反覆循環。

教科書開篇的石器時代我讀了很多次，所以對內容清清楚楚，但是到了第二次世界大戰之後便沒有繼續讀下去，於是對相關的歷史一無所知。由於開頭的部分我讀了好幾次，所以將石器時代的內容記得非常熟。

在感嘆自己記不住之前，總之先試著多看幾次，無論五分鐘、一分鐘都行。

光是增加「看過」的次數，便足以使內容深深烙印在我們的記憶裡了。「有看過」和「沒看過」的效果截然不同，即便現在忘記了，但只要曾見過，總有一天會想起來。到時候就再學習一次，一點一滴加深「看過」的狀態，將內容刻印在腦海裡。

10 學習像畫圖一樣，要重複上色

——複習的重要性高達九成

我剛開始寫TOEIC的模擬測驗時，是買韓國版的試題本（韓國的試題本能以相對便宜的價格買到數量較多的試題，比日本的試題本更划算，很受考生歡迎）。

由於TOEIC本身是英語測驗，所以韓版與日版的試題本毫無差別，問題在於韓版試題本中的解說是韓文，我沒辦法依靠書中的解說做複習。

因此，遇到自己寫錯或有疑惑的部分，我就要查詢手邊的文法書或上網查資料，徹底搞清楚。

有時候，我還會在推特上寫下問題。

每遇到一個問題，我都會追根究底查出自己滿意的答案，使自己完全理解。

老實說，這麼做非常辛苦，所花的時間與精力比一般的方式多得多。

可是，正因為我看不懂試題本的韓文解說，這項缺點反而替我立了大功，使我比用其他試題本複習得更仔細，多虧這一點，我的TOEIC成績有了飛躍性的進步。

學習時，複習的重要性占了九成。

解題本身並沒有那麼重要。該如何善用試題本，使之融入自己的血肉之中，真正屬於自己，這個思考、實踐的過程才是重點中的重點。

透過這次體驗，我真切感受到，只要複習得愈頻繁、愈仔細，就能化為自己的助力。

請認真複習，仔細查詢，深入理解，踏踏實實地累積經驗值。

除了英語之外，學習其他事物也是如此，這是培養實力的最佳途徑。

這種學習方式，就好比畫圖時重複上色一樣。

我們畫圖時，不會一開始就塗上濃重的色彩，往往先用淺色描繪，然後再一遍遍上色，直到完成一幅畫為止。學英語也遵循著相同的過程。

11 決定學習的時間

——建立持之以恆的習慣，你喜歡早上還是晚上？

當初我重新開始學英語時，嘗試了幾次下班回家後再學習的模式。我揉著惺忪的睡眼坐在書桌前，回過神來才發現自己的筆記本上都是歪七扭八的字，這讓我無比的挫折。

而且，由於開著燈打瞌睡，我的睡姿和睡眠品質都很差。

經歷這樣的惡性循環後，我決定晚上要好好睡覺，早上提早三十分鐘起床。

此後以三十分鐘為單位，逐漸增加學習的時間，起床時間也不斷提前。

現在我每天凌晨兩點前起床，展開晨間活動，用大約四個小時的時間持續學習英語、德語、法語、義大利語。

「兩點起床!?」可能有人非常驚訝，但如今這已是我的日常生活。

自從我決定要早起的那一天起，人生便發生了變化。我之所以不再感到挫折，逐漸習慣學英語的生活，是因為有意識地每天在固定時間起床。

「每天在固定時間起床。」

這對持續性學習極為重要。一旦起床時間固定下來，便能提高學習的效率與動機，使人輕鬆養成持續學習的習慣。

一個人如果每天都有不同事情要做，不但無法適應環境並應付各種狀況，而且還會累積壓力。

若想要持之以恆做什麼事，某種程度上一定要建立起固定的生活作息。有了固定的生活作息，腦內時鐘自然會開始運轉，不斷提醒自己「今天還沒有做○○事」、「已經○點了，該去做事了」。

養成習慣後，如果想再提早三十分鐘去做其他事，也能輕鬆完成。

所謂的持續力，就建立在日常生活中不斷重複的例行事務上。

而每天的第一件例行事務就是在早上起床。**反覆做同樣的事，使身體牢牢記住，以此調整體內的節律，做事便容易持久**。

因此，無論平日或假日，我總會在相同時間起床，用同樣的方法做同樣的事情。唯有平凡踏實的累積，才能打造出堅強的實力。

習慣的定義很簡單，就是每天以同樣的方式做同樣的事情。

每個人的作息都不一樣，有人習慣早起，有人習慣晚睡，因此採用適合自己的生活型態才是最好的做法。

學習這件事，時間的早晚或長短並不代表一切，若能夠全神貫注，**即便只有幾分鐘的時間，也能得到滿分的效果**。

無論幾點開始學習都可以，不是早上也沒關係，一定有最適合你的時段，無須和他人比較。至於什麼時間最適合你，那就要靠自己摸索了。

11

我實踐早起生活的十項做法

1 晚上十一點前睡覺
➡太晚的話，會損失太多睡眠時間。

2 確保睡眠時間不少於四個小時
➡避免白天時太累。

3 手機和鬧鐘都要設定起床時間
➡如果只設定其中一個裝置，不小心忘了就會很麻煩。

4 只在上午喝咖啡
➡下午三點喝咖啡會睡不著。

5 移動時多走樓梯
➡適度活動身體，讓自己有疲勞感，這點很重要。

6 一天撥出三十分鐘的休息時間
➡確保夜晚有放鬆減壓的時間。

7 不要吃太飽
➡不要讓飲食造成腸胃的負擔，大約吃六～七分飽。

8 點心要在下午四點前吃完
➡為了避免肚子太飽或太餓，有必要吃點心墊胃。

9 睡前上廁所
➡半夜醒來會影響熟睡程度。

10 睡前列出正在進行的事項
➡隔天早上立刻著手進行。

12

關鍵在於活用零碎時間

——不是坐在書桌前才叫學習

在日常生活中，你是不是總感嘆自己沒有時間呢？

我也曾有這樣的心情，應該說，從前的我每天都這麼想。

每到工作日，通勤加上工作就占去一天之中大半的時間。

「好想花更多時間在ＴＯＥＩＣ學習上，但卻沒有時間、沒有時間啊……」

我的內心充滿了焦慮。

時間是自己創造出來的——儘管明白這個道理，但要我花好幾個小時坐在書桌前學習，我卻擠不出一絲一毫的精力這麼做。

Aki 的獨門祕訣
——移動（通勤）時間活用術

正因為零碎時間很短暫，才能達到專注應用的效果。
把這些零碎時間加在一起，時間竟然出乎意料的多。

平日（只算零碎時間）

・步行至最近車站的時間	10分鐘
・等電車的時間	3分鐘
・搭乘電車的時間	10分鐘
・步行至轉車地點的時間	5分鐘
・再度搭乘電車的時間	5分鐘
・步行至公司的時間	5分鐘

單趟約 40分鐘

往返約 80 分鐘＝1 小時 20 分鐘

利用這段時間做TOEIC的聽力或閱讀練習。隨身攜帶兩本教材以及任天堂DS的遊戲軟體。這些既輕便又好攜帶，用起來很順手！

教材

《TOEIC® TEST超擬真模擬測驗600題》（原書名《TOEIC® テスト超リアル模試600問》，花田徹也著，日本CosmoPier）
《新TOEIC® TEST文法特快車2　重點進擊篇》（原書名《新TOEIC® TEST文法特急2 急所アタック編》，花田徹也著，日本朝日新聞出版）

遊戲軟體

《沉浸式英語訓練加強版》（原遊戲名《もっとえいご漬け》，日本Plato）
《TOEIC® TEST DS加強訓練》（原遊戲名《もっとTOEIC® TEST DSトレーニング》，日本IE Institute）
《新TOEIC® TEST　1天1分鐘DS訓練課程》（原遊戲名《新TOEIC® テスト1日1分DSレッスン》，日本Rocket Company）
《TOEIC® TEST官方版DS練習題》（原遊戲名《TOEIC® テスト公式DSトレーニング》，日本IE Institute）
《DS TOEIC® TEST超級教練》（原遊戲名《TOEIC® TESTスーパーコーチ@DS》，日本桐原書店）

我的TOEIC分數達到600～700分時，很喜歡玩任天堂的遊戲學英語。《沉浸式英語訓練加強版》是一款配送披薩和電話點餐的遊戲，我當時玩得不亦樂乎。當中也有日本著名的TOEIC講師（中村澄子、早川幸治等人）監製的遊戲軟體。

因此，我開始思考該如何善用零碎時間學習。

我的零碎時間，當時主要是通勤、午休以及做家事的空檔。

光是利用通勤的時間，我就能保證每天有一小時又二十分鐘的時間學英語，如果一週持續五天，就有七個小時左右的時間。

大家可不要小看零碎時間，從我排隊等電車的那一刻起，立刻就會轉換為「學英語」模式。

12

在還沒有活用零碎時間以前，我在電車裡總會不自覺地滑手機，也許是在網路上看新聞，或搜尋要和朋友去吃午餐的餐廳，當然也會瀏覽推特等社交媒體。回頭檢視這些行為，我發現自己花了很多時間在手機上，因此我首先就決定要減少滑手機的時間。

仔細想一想，其實有很多事情不需要馬上用手機查找，即使不看那些訊息也無所謂。除了災害和天氣預報之外，根本沒必要即時知道最新的新聞和資訊。

一天最多花二十分鐘搜集新聞資訊便足夠了，如此一來還有很多時間可以運用。

請把這些時間都投入到知識學習上，去做自己真正該做的事。

把時間騰出來，做有益於自己未來的事。

這就是我的想法。

在電車裡環顧周圍的乘客，會看見許多人沉迷於打電動或看影片，也有不少人在網路上閒逛，當然還是有某些人在學習、努力精進自己。從「自我投資」的觀點來看，這兩種人的差別高下立判。

那麼，究竟要如何運用時間進行自我投資呢？

我們當然沒有必要跟別人比較，因為每個人的生活型態與思考方式都不一樣。

沒有人規定一天非得學習幾個小時不可。

但是，在有限且人人平等的時間面前，我們對時間的使用方式，會使彼此間的差距逐漸加大。

希望大家都能充分利用零碎時間。

時間不會平白無故出現，要靠自己創造出來。

13 每天寫學習紀錄

——避免浪費時間

大家有沒有寫過每日的學習紀錄呢？

無論是親手寫在筆記本上，或是鉅細靡遺地鍵入Excel檔管理，兩種方式都可以。

總之，就是利用一些方法將學習的情況記載下來，這就是學習紀錄。

我們的目的並非看著這些紀錄自我滿足，而是為了檢查浪費時間的情況。

說得更具體一點，就是要**確認自己有沒有浪費時間**。

在這裡向各位介紹我的某次學習紀錄。

學習紀錄可看出時間使用方式的變化

我檢視某日的學習紀錄，想著：「有沒有可能確保更多的學習時間？」
※此例發生在我愛上TOEIC，學習時間與日俱增的時期。

寫學習紀錄之前

通勤時

・聽力練習………… 20～30 分鐘

午休

和同事去吃午餐，午休時間就這麼結束了。
即使有時間也多半拿來檢查手機裡的訊息。

通勤時

在車上做了聽力練習，但令人驚訝的是，我也花了很多時間在滑手機和發呆。

希望把這些時間拿來做更多的 TOEIC 練習！

寫了學習紀錄之後

通勤時・午休

・聽力練習………………… 20 分鐘
・文法的試題本………… 30 分鐘
・閱讀的試題本 ……… 30 分鐘

午休

帶著便當離開座位吃午餐，午餐之後便埋頭做閱讀和文法練習。

結果竟然多出一個小時的學習時間！

寫下學習紀錄後，過一段時間再回頭檢視，會覺得非常有成就感。在那一刻，我能確實感受到自己平日有好好利用零碎時間。

儘管現在沒有持續更新，但我之前曾開設部落格，用來做自己的學習紀錄。

我在學習紀錄中寫下自己目前使用的教材以及學習進度，還有每天的學習時間。

把做過的事情「視覺化」，是否浪費時間便一目瞭然。

在一天即將結束時，我會回顧一大早到現在所做過的事以及學習內容，並在部落格裡記錄下來。

「咦？今天原本打算讀到這個部分，竟然沒有達標。」

「原本預定要學習○個小時，實際記錄下來只讀了○小時，其他時間我拿來做什麼了？」

就像這樣，透過學習紀錄，我可以清楚看見自己的情況，也能檢視自己如何運用時間。

人是一種習慣消耗時間的生物。

平日在時間有限的情況下，反而會擠出時間來學習。

而假日理當有大量時間可以運用時，學習的進度卻不見進展。

13

我想大家都有這樣的經驗吧！

因為我們持續不斷地消耗時間，把得來不易的時間全都放水流了。

金錢是具體可見的事物，所以我們珍而重之。

那麼，你如何看待時間呢？

我們擁有的錢之所以會逐漸減少，取決於內心的消費意志；但時間卻始終不斷遞減，永遠不可能增加，這與意志的有無毫不相干。

於是我察覺到，由於時間無形無相，在多數情況下，總會被不知不覺地浪費掉。

正因如此，我們才要利用有形的學習紀錄找出被自己浪費掉的時間，徹底排除這種情況。

寫下紀錄之後，我們就能具體理解時間的重要性，而非停留在抽象的概念上。

請大家務必試著寫下自己的學習紀錄，一步一步達成心中的目標。

14

報考英語測驗

——激發幹勁最有效的工具

一旦開始學英語之後，我建議大家去報考英語測驗。對於不以考試合格為目標，而是想增進英語會話能力、為興趣而學習的人來說，希望你們也去報考看看。如果是想提高TOEIC分數的人，當然更要報考，盡己所能地多參加公開測驗。雖然考試要花費不少金錢與時間，還是請大家務必要挑戰一下。

利用測驗分數將英語能力加以量化，關於這一點人人都有不同的見解。

當然，我認為英語能力是無法被量化的。

但是，我非常喜歡考試，看見考試分數提高便給我一種單純的喜悅，心中湧起下次繼續努力的想法，這種感覺與運動和減肥有異曲同工之妙。

我在閱讀《絕對英語會話・朗讀　續・入門篇》（原書名《英会話・ぜったい・音讀　続・入門編》，國弘正雄、千田潤一監修，日本講談社）時看到書中這麼寫著：

「……請『絕對』要參加『以分數顯示成績』的英語測驗。（中略）利用客觀的數字來掌握自己的實力變化，這是極為重要的策略，也會對自己形成很大的鼓勵。」

沒錯，英語測驗並沒有大家口中評價的那麼糟。

我一開始報考的TOEIC也是眾多英語測驗之一，有時會聽到人們的諸多批評：「考試全是選擇題，有人可能是憑感覺猜對的」、「只能用來檢測聽力與閱讀能力」、「日本、韓國雖然很看重TOEIC分數，但到了國外卻沒什麼知名度」等等。

這畢竟是考試，當然會有人憑感覺猜題，但從「檢測英語能力」的目的來看，我認為人們的種種批評並不是什麼大問題。

況且，測驗還有助於我們提高學習的幹勁和英語實力。

英語測驗不限於TOEIC，任何一種皆可，請大家不要猶豫，試著挑戰看看吧！

Column

學英語就像打電動一樣!?
那瞬間，我愛上了英語

身為一名前公務員，當初我報考公務員的理由，是因為不分男女都可以好好利用這項制度而擁有長期穩定的工作與收入，僅僅是這個原因而已。

當時我沒有特別的志向，每天只是努力完成眼前的工作。

有一天，我得知有一個專門處理國際相關事務的部門，引起了我的興趣。一查之下，發現若要調去該部門工作，就必須參加國際研修課程，而要參加課程，就得通過選拔考試，考試內容為英語和專業科目，其中英語考試特別標注「TOEIC分數達600分以上者免試通過」。

「TOEIC分數600分？」

雖然我知道TOEIC是什麼，但對學生時期從未報考過的我而言，那彷彿雲端上遙不可及的存在，我對英語一點都不感興趣，TOEIC就更不用說了。

然而，為了調到國際相關部門，點燃了我的學習之火。

「為了免試通過英語選拔，我非通過TOEIC不可！」

大學畢業之後，我第一次認真開始學英語。坦白說，我大學時幾乎沒有在讀英語，僅僅是拿到學分而已，基礎全都忘光光了。

於是我下定決心從中學一年級的程度重頭開始學習。

下班後，我直接走進書店的英語教材區。

第一次考TOEIC的聽力與閱讀測驗後，我的感想是：「天啊，風暴終於結束了！」

聽力測驗的速度太快，閱讀測驗的時間完全不夠，大約有一半的題目都隨便寫就草草結束了，我甚至不記得自己有沒有寫，腦袋一片空白，只覺得自己一陣恍惚。

結果我考了570分，距離目標的600分還差一點點。

但是，當時的我覺得考TOEIC很開心，一點也沒有懊悔、不甘的情緒。

「這個考試真有趣！再努力一點分數就會進步了吧？我要再挑戰一次！」

這種純粹的情緒驀然湧上心頭，至今我仍清楚記得內心升騰而起的那股熱情：

「好！下回再考一次！」。

TOEIC的題型包含四選一選擇題、填空題，分數則隨實力而高低起伏。

我最喜歡的一款電動遊戲是《勇者鬥惡龍》，TOEIC正如電動般充滿了遊戲感。一開始等級低，只能打倒弱小的怪物，但隨著等級逐步提升，漸漸地就能打倒更強的敵人，最終迎戰大魔王等級（最後出場的最強敵人）。TOEIC讓我想起玩《勇者鬥惡龍》的感覺。

TOEIC真有趣，我想挑戰更多的TOEIC測驗。

在我愛上TOEIC的剎那，我的英語人生便拉開了序幕。

我早已完全忘了國際研修考試這回事。

就在那一瞬間，彷彿有一道亮光照進了生命裡，為我確立了人生目標。

Chapter 2

確實掌握
聽、說、讀、寫
四技能的
學習重點

打造英語的基礎能力
——朗讀的好處數也數不盡

我重新開始學習英語時，是從朗讀著手，而且效果十分明顯。要有效率地提高英語實力，我切實感受到朗讀是最好的辦法，而且這不限於TOEIC。

首先，我想向大家介紹「朗讀的魅力」，至於朗讀的效果，則依階段有所不同。

初學者

朗讀能幫助你理解英語的基本句型和單字，並提升聽力。朗讀會同時用到眼睛、耳朵和嘴巴，透過聽聲音來確認自己的發音，用眼睛一行行看過文章的內容，因此閱讀也一起訓練到了。

朗讀

此時的重點，在於完全理解該文章的單字和文法後再進行朗讀，如果看不懂文章的意思，無論朗讀幾次也達不到效果。

發音也是如此，自己聽不清楚的聲音，一定說不出來。

朗讀的教材，是以自己完全理解發音和內容的狀態為前提。一開始先用字典查單字，再用文法書確認句型。

選擇教材也是如此，不需要找超過自己程度的教材。我一開始是從中學一年級程度的英語書下手，因為高中單字對我來說太難了。

在這個階段，「低門檻」的確是最重要的條件。

請選擇合理、無壓力，自己能夠完成的教材。

中級～高級者

朗讀是有效將知識轉換成智慧（實務）的訓練。

到目前為止，你已經記住了一些單字，這屬於知識層面上的記憶。

但是，此時如果突然聽到一段自己的母語，仍無法馬上轉換成英語。
換句話說，雖然你在多益等英語測驗中能拿到高分，卻說不出英語。

當我拿到多益９００分時，就是這種狀態。
儘管讀懂文章裡的單字，但無法馬上將母語轉換成英語。
因為平常如果沒有大量聽英語，用自己的話講出來，那就不可能會說英語。
就學習實務英語的層面而言，多益測驗是非常實用的考試。然而另一方面，它卻著重於聽力與閱讀，在某種意義上是屬於被動的考試，只能檢測到一部分的英語能力。若想要讓自己真正會說英語，就必須每天實際動一動嘴巴說話。
於是，朗讀便派上用場了。

中級～高級者的朗讀，是為了打造說英語的基礎能力，以及反覆練習英語發音。
我們不需要熟記文章，也不用執著於朗讀次數，在朗讀的過程中，嘴巴自然而然會逐漸習慣。

這種朗讀方式不光針對TOEIC，對於想要提高英語會話能力的人而言，也是最佳的訓練方法。

以我自己的親身體驗來說，之後進入瞬間英文造句（本書126頁）和線上英語會話的階段，就能慢慢用英語說出自己想說的內容。

不論是初學者還是高級學習者，朗讀都是提升英語實力最有效的學習法之一。

但是，朗讀不是那種標榜「做了〇次就有多少成效」的膚淺學習法，**重點是要像肌肉訓練一樣持續練習**。

這麼做，才會為我們全面提升英語的「基礎能力」。

朗讀時的要點

——反覆烙印的效果比背誦更好

當我重新開始學英語時，讀了大量關於英語學習法的書籍。其中有一本《英語進步完全手冊》，在書裡寫了這麼一段話。

「很多人之所以學不會英語，並非沒有天分，只不過是沒有依照有效的方法累積足夠的練習而已。（中略）打造英語實力的基本法則非常簡單，只要『理解意思、句型，盡量記在腦袋裡，同時再依照英語的文法、句型盡量多造句』就行了。」

因此，該書提到朗讀是一種有效的辦法。

為什麼朗讀有助於學習英語呢？由於朗讀時需要一邊理解英文，一邊反覆從口中發音，所以會養成將英語以英語的語順直接、瞬間接收的體質。這個過程還包含了聽力練

朗讀

習，能夠整體提高英語的基礎能力。

我從這本書學到了朗讀的實踐要點後，便老實地遵循書中的方法，結果英語能力果真迅速提升。以下是書中提到的實踐要點。

❶ **掌握了基本的文法、句型結構之後**，再接觸比中學程度更高、更複雜的內容。

❷ 不要依賴直覺或推測，朗讀時要**確實掌握句子的結構**。

❸ **理解內容後還沒有結束**，要讓自己實際「運用」。

❹ 為了能夠運用「理解的內容」，**要練習多唸幾次**。

❺ **不要盲目地背誦句子，而是藉由反覆朗讀，將句子烙印在腦海中**，把知識轉換至「實用層面」。

接下來我會具體向各位介紹，如何活用上述這些要點實際進行朗讀。

朗讀

朗讀必須反覆唸「三十次以上」

——建議使用朗讀套裝

從這個部分開始，我會一併向各位介紹自己所實際使用的朗讀方法以及相關教材。我使用的教材是《絕對英語會話・朗讀》系列（請參照本書126頁），從入門篇開始學習。

我也提過許多次，無論用什麼教材都可以，請選擇適合自己目前的程度、自己想朗讀的內容。

做法如下所述，**請依照步驟1～4大聲朗讀**，**總共讀30次**。

之所以要大家反覆朗讀30次是有意義的。剛才提到的《英語進步完全手冊》中也寫到：「朗讀次數若低於30次，效果便會驟減。」因此，我自己也嚴守最少朗讀30次的規則。

0 準備：先聽1、2次音檔後，確實了解課文的意思。

1 看著課文，跟著音檔複述❶5次。

2 朗讀15次。

3 跟著音檔複述5次。

4 跟讀❷5次。

5 把音檔從頭到尾聽數次。

剛開始可能會有人因為「想接觸更多教材」、「想加快進度」而產生焦慮的情緒。但是，就像「龜兔賽跑」的故事一樣，學英語也應該一步步踏實前進，才能穩健地

❶ 複述（repeating），是指適時暫停音檔後再朗讀。
❷ 跟讀（shadowing），是指一邊播放音檔一邊跟著唸。

提升實力。

我把每一份教材都訂出**0～5步驟，稱之為「朗讀套裝」**（這個做法同樣參考《英語進步完全手冊》）。

除了朗讀之外，還包含了複述及跟讀的訓練。

這套「朗讀套裝」其實只是第一回合。

總共有一～五回合。

五回合下來，總共會反覆唸同樣的內容100次。

「100次!?」看到這裡，你可能會不由得手腳發軟。

別擔心，在朗讀的過程中，嘴巴和身體就會逐漸習慣，而且也不可能一下子就唸到100次。

別太著急，把這五回合分散在一週的時間內完成就可以了。

我當初是在朗讀教材的右下方寫個「正」字標記，以此計算朗讀次數。

效果顯著的朗讀套裝

0 準備

・先聽過1、2次音檔，確實理解英文的內容。
・完全掌握句型結構，查清楚單字的意思和使用方式。

1 複述 5 次

・聆聽音檔，待音檔暫停時重複唸出剛才聽見的英文。
・盡可能模仿音檔中的發音和語調。

2 朗讀 15 次

・不要聽音檔，直接看著課文朗讀。
・把英文徹底內化為自己的東西。

3 複述 5 次

・不要看課文，按照步驟1的做法進行複述。
（不看課文就唸不出來的話，也可以看著課文唸。）

4 跟讀 5 次

・聆聽音檔的聲音，稍微延遲地跟著唸出來。
・注意自己是否有語調錯誤、漏掉句子和單字，或是唸錯的情形。
・也可以看著課文跟讀。

5 當步驟 1 ～ 4 都完成以後，請仔細聆聽音檔數次

將上述的朗讀套裝進行五回合，總共朗讀 100 次！

	第一回合	第二回合	第三回合	第四回合	第五回合
1 看著課文複述	5 次	2 次	2 次	2 次	2 次
2 看著課文朗讀	15 次	10 次	10 次	7 次	7 次
3 不看課文複述	5 次	4 次	4 次	3 次	3 次
4 不看課文跟讀	5 次	4 次	4 次	3 次	3 次
總計朗讀次數	30 次	20 次	20 次	15 次	15 次

在一回合當中，每一個步驟的朗讀次數可以有些微變動。

重點有三項。

❶ 遵守第一回合最少要朗讀30次的規則。

❷ 各回合依序進行後，總計需反覆朗讀100次。

❸ 第二回合結束後，**課文中的每個部分幾乎都要能完美地複述出來**。

我再強調一次，朗讀的目的是什麼呢？

不是為了背誦英文，而是因為反覆地朗讀，使英文自然而然地烙印在腦海裡。

朗讀真正的目的，並非表面上對英文的記憶，而是要吸收英文的根本（句構、文法、語彙等等），將其內化為自己的血肉。

持續朗讀之後，我得到的成果主要如以下所示（詳情參考本書82頁）。

・愈來愈明白基礎文法和單字＝基礎力
・習慣英語獨特的「發音特性」（連音和容易消失的音節）＝聽力
・閱讀英文的速度逐漸加快＝閱讀力
・提高多益成績＝測驗成績提高

回首過去，由於我全神貫注在每一份教材上，才造就了現在的英語實力，這麼說可是一點也不為過。

我可以自信地告訴大家，正因為有當時的努力，如今的我才會有這樣的能力。

重要的事要多次強調——這個方法無論多益測驗或其他英語考試都適用，也能活用在其他語言上。

因此，現在想要重新開始學英語的朋友們，要不要試著好好地朗讀一下呢？

炸裂！朗讀的效果超乎想像

——朗讀讓你的英語能力突飛猛進

我在多益分數超過最低目標600分以後，依然持續進行朗讀練習。因為我覺得朗讀能同時運用到眼、耳、口，這種學習方式能給大腦帶來強烈的刺激。

尤其是聽力部分我不考慮無聲的學習法，所以朗讀對於提升聽力也有很大的貢獻。關於語言學習，我曾聽說過這麼一個原則：「朗讀的速度，等同於聽得清楚的速度。」簡單來說，如果自己無法順暢地朗讀出來，聽力便處於較低的程度；反之，若能順暢地朗讀出聲，聽力自然也就相對提升了。所謂的朗讀，也就是「唸出聲＝聽得懂」的關係。

朗讀

有人問我：「反覆唸同一篇文章有什麼意義呢？」就像前文提過的，背誦文章並非最終目的。

朗讀的目的，始終都是為了建立英語的基礎能力。

我們要讓嘴巴習慣英語，並將英語的聲音和感覺刻印在身體裡面。

這個道理和運動相同。光看著別人運動，自己不可能學會，唯有親身實踐、獲取經驗，才能真正學會一項運動。大家就當作是被我騙了，總之請先試著持續朗讀三個月。

我只花了三個月，就得到了非常棒的成果。透過朗讀練習，我的「英語綜合實力」便自然而然地提高了，就連自己也感到驚訝不已。因此，當時我打算一直持續下去。

在我學英語的過程中，有一段時間是以朗讀為主要的學習方法，可以說正是因為朗讀而讓我的多益成績提高到600分以上。

具體而言，持續朗讀三個月之後，會達到以下這些效果。

- 提高**語彙程度**⬇每次都會記住新的單字。
- 重新整理已經遺忘的**文法項目**⬇學生時期覺得困擾的關係代名詞（副詞）、分詞構句等都能逐漸理解了。
- 能夠**順暢地唸出英文**⬇朗讀100次之後一定做得到。
- **發音**變好了⬇藉由複述、跟讀、有稿同步跟讀❸等方法有效模仿發音。
- **閱讀速度**變快了⬇朗讀和默讀會同時進行。
- **聽力**提升了⬇多次聆聽母語者的發音，有效鍛鍊聽力。
- 親身體驗**大腦活化**的感覺⬇朗讀會運用到耳朵和嘴巴，因而體驗到氧氣被帶入體內的感覺。
- **多益的聽力分數**進步100分以上⬇以上所有成效相乘後的結果。

這些都是我親身體驗的結果，句句屬實。

朗讀

朗讀並非像苦行僧的修行一樣枯燥乏味。

我反覆向各位強調，朗讀的目的，是為了打造英語的基礎能力。

換句話說，就是在我們的大腦中建造英語迴路。

人們常說去國外留學的優點便是「打造英語迴路」，這其實可以靠朗讀做到。只要在自己家裡每天利用一點零碎時間，既便宜又不需要請長假。

我會在後面的內容中說明，**若想提升自己在英語會話班或線上英語會話課的成效**，就必須做「自我練習」。如果沒有自我練習，那麼你投入的時間、金錢全都是白做工。

而這裡的「自我練習」，便是朗讀。

重要的事要多次強調——無論用什麼教材都可以，不管是現在感到有些難度的教材，還是正好符合目前程度的教材，最重要的是，請選擇自己能**朗讀100遍也不厭倦，依然樂此不疲的內容**。

---

❸有稿同步跟讀（overlapping），是指一邊看著稿子一邊跟讀。

盡快學完文法

——必要的文法出奇的少

我剛開始重頭學習英語時，並沒有認真地釐清文法觀念，當時以為自己之前在高中、大學裡學到的知識應該足夠應付了。

而且我挑戰的多益測驗題型是四選一的選擇題，即便沒有打好文法基礎，還是能多少拿到一些分數，就像打電動一樣。

但是，凡事都有限度。等我要往上進階挑戰多益滿分時，不管怎麼選答案都錯，也愈來愈常遇到看不懂的文章。

「為什麼我的答案是錯的呢？」

我沒有仔細思考其中原因，只是滿懷苦惱和鬱悶的情緒。

文法

答案很簡單，因為我沒有仔細學習文法。

一直以來我都憑著一股氣勢和感覺就以為自己「學會了」，但我的文法程度並沒有自己想像的那麼紮實。

所以，當我把目標指向多益滿分時，就會在最後關頭出錯。

而且我甚至察覺不到自己哪裡有錯，因此同樣的問題經常發生。

整個人完全掉入了負面循環的漩渦中。

當我察覺到這一點後，心裡感到相當羞愧，儘管醒悟得有點晚，但我發誓要好好地學習文法。

於是，我使用Hiro前田編寫的試題本《TOEIC® L&R 終極講座 Part 5&6》（原書名《TOEIC® L&R テスト 究極のゼミ Part 5&6》，日本ALC PRESS INC）。（請注意，這本書是專攻多益測驗的教材之一，而且難度較高。對於想重新學英語的人或者初學者，我把推薦書單整理在本書127頁。）

文法

前田先生是我尊敬的多益講師之一，他經常分析、研究多益測驗，對於考生的問題點相當有心得，出了許多書嘉惠考生。

我抱著必死的決心鑽研這本試題，努力填補腦中的文法漏洞。這本書中還列舉出單字的核心詞義、搭配詞組等等，讓我知道自己的知識有多麼淺薄。

很多人強烈批評日本的英語教育太偏重文法，但文法是語言的根本。

尤其我開始學習法語等英語以外的語言後，這樣的想法更是與日俱增。

舉例來說，當我學習法語的片語書時，經常會覺得自己每個單字都看得懂，但卻不明白句子為何要以那樣的方式排列。

於是我決定認真學習法語的文法，便讀了一本基礎文法書。在讀文法書之前與之後，看同一篇文章時的理解度就有差異了。讀過文法書後，理解文章的速度快得驚人。

由於不想像過去的自己一樣繞遠路，所以我學法語時便大聲地朗讀書中的內容。

如果你想重新開始學習英語，就趕緊讀完文法書吧！

教材的分量較少也無妨。首先，建議挑選內容涵蓋了中學三年課程的文法書。文法不像單字有數不盡的內容，單字的數量彷彿無窮無盡，但文法項目卻是有限的，因此，只要開始行動，馬上就能看見終點。

若能確實掌握基本文法，無論是多長的文章，都能順暢地解讀。在職場上用英語溝通時也能避免自己發生誤解，防止表錯情的尷尬場面。如果能在一開始就釐清文法觀念，必然能夠減輕學英語的壓力。

別自信滿滿地期待全部聽懂

——運用推測技巧輔助聽力

聽力

我的英語會話班學生曾問我一個問題。

「一開始聽得懂對方的意思，但不知為何漸漸地就聽不懂了。」

這個問題和聽力有關。與外國人聊天時，聊到一半愈來愈跟不上對方的英語速度，就逐漸聽不懂對方在說什麼了。

我完全理解，我以前也是這樣。

為什麼我們會愈來愈聽不懂對方的話呢？那一開始為什麼聽得懂？

答案很簡單。會話，或者雙方剛開口說話時，多半都是招呼用語，所以一開始還聽得懂。無論是日常對話還是多益測驗，大多數情況下都是從「Hello」、「Good morning」等招呼語開啟話題，然後再繼續自我介紹。

我們聽懂的是「一開始的招呼語，以及姓名等與自己有關的事情」，**因為這些是可以事先預測的內容**。

那麼，回到開頭的那個問題，我們該怎麼做才能繼續聽懂對方的話呢？

理解對話中的起承轉合

當我們使用任何教材來學習聽力時，**如果能概略了解對話中的結構和起承轉合，學習起來會更有效率**。

關於具體情況，請看本書91頁提出的例子。

事先閱讀教材的譯文

這也是學習方法的竅門之一。**先用母語理解整段對話後，再用英語聽同一段內容**，理解程度就會高得令人驚訝。

當初我完全聽不懂多益的聽力問題時，就是先埋頭苦讀以母語寫成的解說和譯文，理解對話內容後再聽英語音檔。

如果不懂文章和單字的意思，不管聽幾遍都不可能理解，所以我反向思考，乾脆先讀譯文理解內容。

不要期待聽懂每一句英文

終於來到實踐階段了。我和大家一樣，一提到聽力練習，就懷著雄心壯志想要聽懂每一句話，結果稍有不懂之處就卡住，無法繼續跟上音檔。

但是，請大家想一想，平常說自己的母語時，我們也沒有字字句句全都聽懂吧？我去接受脊椎指壓治療後，回家時醫生跟我說：「請多多保重」，但我怎麼聽都像是「請多——！」剛開始不明白話裡的意思，但從情境想像，我便能推測出醫師是在說：「請多多保重。」

「醬子！」（這樣子）這句話也是同樣的情況。我們會在無意識中，把自己聽不到或聽不懂的內容加以補足、推測。英語也是如此，我們要修正自己的心態，**即使漏聽了細節，若能大致理解文意，那就沒問題**。

了解整段內容的起承轉合

公司內部廣播

「方才會計部門來電通知，似乎有同仁沒有依照新規定正確報告費用。」
＝發生的事情（起）
I just got a call from the accounting department. It seems that some of you didn't report your expenses properly according to the new rules.

「我們前幾天才剛開始啟用新的系統。」
＝原因和理由（承）
We just started the new system a few days ago.

「我們必須解除這場混亂，因此明天將針對此事召開緊急會議。」
＝述說對策（轉）
We have to clear up any confusion. We're going to have an emergency meeting about this tomorrow.

「會計部的小森先生將為大家重新解說新的經費報告流程。」
＝未來的發展（合）
Mr. Komori from accounting will go over the new expense reporting procedure with you.

播放新聞

「法國汽車大廠Bix Auto將收購德國汽車製造商Moni Motors。」
＝說明話題的主題（起）
French automotive giant Bix Auto will acquire German car manufacturer Moni Motors.

「收購價為15億歐元。Bix公司以製造全球最安全可靠的車輛而聞名於世。」
＝說明收購及公司的情況（承）
The deal is worth 1.5 billion euros. Bix is renowned for manufacturing vehicles that are considered among the most reliable in the world.

「公司總裁Max Volker表示，規劃於未來幾年內發展品牌多元化。」
＝說明未來的計畫（轉）
Company president Max Volker says that the new company plans to diversify its brand in the coming years.

「Bix公司上個月榮獲了小型家用車的安全獎項。」
＝結語（合）
Last month, Bix received a safety award for its compact model.

提高聽力的特效藥
——聽寫的效果卓著

我在多益測驗中拿到聽力滿分後，依然對聽力感到困擾。儘管拿到了滿分的成績，還是經常聽不懂外國人說話。

我的聽力狀況時好時壞，並不穩定，這表示有些部分我沒有聽到正確的聲音。

前文中告訴大家「不要期待聽懂每一句英文」，這是在現場對話或參加正式考試時的技巧，但如果要提升實力，「練習（＝學習）」時還是要努力理解聽不懂的部分。

既然如此，該怎麼訓練自己呢？我建議大家做聽寫練習。

而聽寫的做法，是「在適當的段落（句點或逗點處）暫停音檔，將剛才聽到的內容一字一句正確寫下來」。

聽力

要想找出自己聽不懂的部分，聽寫是非常有效的做法。因為你能具體知道自己現在哪裡聽不懂。

這種做法既花時間，也需要集中專注力（因此一天做幾分鐘即可）。聽寫的重點是**找出「自己的聽力弱點」**，到底是單字聽不懂，還是冠詞、介系詞沒聽清楚。

聽力不同於閱讀，不是靠大量聽音檔就能夠進步，與其如此，倒不如**老實地專注在同一份音檔上，效果會更好**。如果不知道自己的聽力哪裡出問題，只是一味地埋頭苦讀單字書或試題本，最後得到的結果將與投入的大量努力不成正比。

說來慚愧，我是在多益聽力滿分後，才開始做聽寫練習的。

做了聽寫練習之後，我能更正確地辨識出英語的連音位置，減少了過去靠情境理解時的不確定性。

聽力

用留學生的心態學英語

——不要給耳朵休息的時間

「我的多益聽力測驗拿到滿分了，但卻聽不懂一般的新聞。」

這裡我來談談，自己是用什麼有效的方法來克服這種情況。

我們常聽人說：「聽什麼都好，總之多聽就能提高聽力，也能讓自己說一口流利的英語。」這是絕對不可能的事。

因為想輕鬆學習，我在電車裡也曾多次用這種方式隨意聽英語，但光只有這麼做，不管是聽力或口說都沒進步。

不過，如果你的目的是要讓耳朵自然習慣英語的發音和語調，隨意聽英語是有效的做法。話雖如此，無意識地讓聲音流過腦海，這並沒有意義。

練習聽力就像朗讀一樣，在程度上必須是我們「聽了之後能夠理解」的內容。

在進入聽力練習之前，**請先選一份「單字、文法、內容都能理解的音檔」作為教材**，使用中學一年級的教科書也可以。

等到你能夠充分理解教材的內容，就能稍微調高難度。不需要逞強，就算勉強自己去聽CNN或BBC等國外新聞，也只是換來重重的挫敗感，難以持續下去，就像我以前一樣。請仔細看清自己的現狀，踏實地選擇聽力教材，挑選自己聽得懂的內容。如果想提高聽力程度，就用聽寫來訓練耳朵，一一解決問題。

接下來，只要還有時間，都拿來聽自己選的聽力教材。

無論是在做家事還是走路、通車，都保持聽音檔的習慣。**光是這樣，一天總計最多能聽8～10小時的英語（不專心聽也算）**。

不是只有坐在書桌前才叫做學習，只要耳朵空下來，無論何時何地都可以聽英語，如此一來，你就能大量沉浸在英語環境中。

只要經常接觸英語，即使人在日本，心態上也就和留學生沒有絲毫差別了。

不要用單字書背單字

——藉由深刻的體驗來刺激大腦

學英語需要吸收大量的教材，如果不懂單字的意思，便只能望著教材興嘆。要怎麼背單字？如何增加字彙量？這是我重新開始學英語時，馬上就面臨到的課題之一，令我頭痛不已。

當時我鬥志高昂地去買了單字書，但立刻就遇上了挫折，因為不管怎麼背都背不起來。

然而，某次的偶然體驗讓事情有了轉機。

我在一場多益公開測驗中看到「forfeit」這個單字，因為看不懂，所以寫錯了那題文法。當時的題目我記不得了，但大概是這樣的句子。

閱讀

They (　　) their right to receive unemployment benefits.

（意思：他們失去了領取失業救濟金的權利。）

考試時，我不知道應填入括號裡的「forfeit」是什麼意思，內心無比懊悔。在回家路上我用手機查詢後才知道正確答案，但已經來不及了，只能在心裡泣訴：「我竟然不知道forfeit這個單字！」因為這次的挫敗，讓我牢牢記住了「forfeit＝被沒收、喪失」的意思。

如果我用單字書背這個字的話，大概會用眼睛盯著「forfeit」這個字，嘴裡唸幾次之後，心裡無意識地想著：「這和失業救濟金有什麼關係，太沒邏輯了」，接著伸手翻到下一頁就馬上忘記這個字。

這讓我察覺到，對單字「必須有深刻的體驗，才能形成長期記憶」。

對我來說，「公開測驗時寫不出答案」的懊悔經驗恰恰符合這個規則，因此我才能牢牢記住這個字。

話雖如此，但我們想記的單字，不可能全都伴隨著深刻的體驗，所以我發現了一個替代方法，那就是讓自己抱持著強烈的疑惑感。

例如閱讀某篇文章時，當中出現了「flammable」這個字。

They had to use a colorless flammable liquid for their business.

（意思：他們必須在工作上使用無色的可燃性液體。）

剛開始雖然不懂這個字的意思，但還是跳過這個字把整句話讀完。整篇文章大致讀完了之後，還是不懂「flammable」的意思。那就毫不猶豫地查字典或翻看試題本中以母語寫成的解說，從而得知這個字的意思是「可燃的」、「易燃的」。

把這個意思放入剛才看不懂的英文句子中，意思完全說得通，讓人不由得在心裡大喊：「啊！原來如此！」

由於是在心中的疑惑升到最高點時，才終於明白單字的意思，因此整個人恍然大悟，喜悅之情油然而生，這種情境也能達到「長期記憶」的目的。

- 深刻的體驗
- 疑惑感

只要運用這兩種方法，就能幫助我們順利地記憶單字。我自己背單字時，會一邊做多益練習題，透過練習題來記憶單字，同時也可以訓練閱讀能力，可說是一箭雙鵰的好方法。在自己閱讀的文章中，如果反覆出現不懂的單字，就會令我非常在意，想快點知道單字的意思，心情因而變得明快積極。

自從我發現這個方法之後，單字書就被我束之高閣了。

當然，如果單字書能讓你快速累積大量單字的話，就應該多加利用。總而言之，只要對單字懷著感情與渴望，就能牢牢記住它。

閱讀

創造能夠提升閱讀力的環境

——自我強制力將轉換為讀解能力

要建立閱讀能力，就要給自己某種程度的「強制力」，這也是一種方法。換句話說，就是創造一個「不得不讀」的環境。以下我用自己的例子來向大家說明。

為了答題而不得不讀

對於長期報考多益閱讀與聽力測驗的我來說，「閱讀英文＝閱讀多益的文章」。在測驗的文章底下總是設有幾個相關的問題，答題便會提高我的閱讀動機。

對我而言，多益的長文閱讀就像是尋寶遊戲一樣，為了找出答案，我會積極主動地閱讀文章，進而在過程中愈來愈沉迷其中，閱讀的痛苦就這樣逐漸消失了。

人皆如此，在追逐目標的過程中便會渾然忘我。與其漫不經心地揉著惺忪睡眼讀英文，對解題懷抱熱忱更能讓我們專注在學習上。

為了解決問題而不得不讀

有一次，我從亞馬遜購物網站上買了商品，開封時只見一張小小的英語說明書。我忘了究竟買了什麼東西（可能是組合式的商品吧），總之當時我很努力要讀懂眼前的說明書。

那時候，我心想：「這就是在國外生活的感覺吧！」日常生活要做的事全都得用英文處理，無論在工作上或私下的生活，我都無須特別使用英語，這對我來說是非常新鮮的體驗。

於是我從中獲得靈感，便去家電廠商的網站首頁下載英文說明書。雖然字很小，但因為是自己家裡擁有的產品，所以我早已了解使用方式，在這個前提下閱讀英文說明書，門檻就下降了。

就像這樣，創造一個逼自己必須讀英語的環境，對於提高閱讀能力有很大的幫助。

閱讀

不讀英語新聞也無所謂
——有興趣的內容才讀得進去

談到閱讀，很多人都覺得，只有英語新聞才是鍛鍊的好教材。但是，我強烈建議大家，不要勉強自己讀英語新聞。

逞強去讀超出自己能力的文章，終究吸收不了。過去的我即是如此。

當我的多益成績達到700分左右時，便訂閱了美國的《TIME》雜誌。想當然耳，我幾乎都看不懂。

字彙量不足固然是因素之一，但另一個因素是我對國外的政治、經濟一無所知。

新聞和雜誌中的報導，除了要有足夠的字彙量，若不知道相關的背景知識，往往看不懂報導內容。這些即便用母語報導也是艱深的內容，用英語來理解更是難上加難。

既然缺乏背景知識，不可能只讀了幾頁就看懂英文報導。

這讓我很快就失去了閱讀的欲望。

然而事情有了轉機……當我一頁頁翻閱《TIME》雜誌時，不時會看到色彩鮮豔的料理彩頁，照片美得讓我目不轉睛，便開始讀起上面的文字。

大學時我很喜歡美食，是個吃貨，甚至考慮未來要成為一名食物設計師❹，所以看到全彩的異國料理照片，便湧起了好奇心，想知道上頭寫些什麼。

即使仍有些不懂的單字，我還是一鼓作氣地讀完所有內容，因為有了閱讀的欲望，只要認識八成的單字（必要時同步查詢字典），就能理解內文大意。

數個月後，我就取消訂閱《TIME》雜誌了，但這段時間讓我學到重要的一

❹日語為フードコーディネーター（food coordinator），即食物設計師。其在日本大多為接案的自由工作者，工作內容包括替餐廳設計菜單、替雜誌或電影擺盤拍照、進行料理教學、販售食物等，涵蓋一切與飲食相關的活動，開創飲食的新潮流。

課──「只要是有興趣的領域，就有能力（欲望）閱讀英文」。

我們的母語也是如此。若能引起我們的興趣，我們自然會主動閱讀，否則便完全沒有閱讀的欲望。即使是著名的美文佳句，或者眾人一致肯定能提高讀解力的文章，如果我們沒有興趣，就不會主動閱讀。把情境換成英語時，這種傾向更加明顯。

因此，我們沒有必要讀所有的文章。

選擇自己「想讀」的內容，心裡才會湧現閱讀的欲望。

當然，如果沒有「想做某事」的欲望，長期下來，在學習上就看不到理想的進步。

《TIME》雜誌之所以令我感到挫敗，是因為我沒有選擇符合自己興趣和實力的素材，我深深地反省這一點。

之後我不再讀英語新聞或雜誌，而是回過頭來專注在多益教材上。

我只用多益文章當作閱讀教材，對我而言，提高多益分數就像打電動一樣，已經成了我的興趣之一，因此我非常喜歡寫閱讀測驗的題目。

多益閱讀測驗（Part7）的題型在某種程度上相當固定，沒有太大的變化，這是它的優點。由於經常看到電子郵件的題型，長期大量閱讀Part7之後，不知不覺就把電子郵件的題型全都記下來了。

我的努力沒有白費，當公務員時如果有需要用到英語的場合，同事都會來詢問我，有時也會有其他單位委託我幫忙翻譯。

因此，我得到了一個結論：「若要提升閱讀能力，使用通俗易懂且不造成壓力的內容就行了。」

選擇主題較為明確，自己能理解八成左右的文章最好。

無須勉強自己，也不用逞強，更不要人云亦云。請大量閱讀符合自己實力與興趣的文章，快快樂樂地增進英語能力吧！

提高口說能力

——長期維持輸入與輸出的練習

根據我的經驗，想提高口說能力必須做到以下三件事。

❶ 輸入（吸收知識）

❷ 輸出（開口表達）

❸ 保持❶和❷不間斷

當我以多益測驗為主要的學習目標時，只要能做到聽與讀這兩項能力，就令我感到滿意了。在準備多益測驗的過程中，我順利學會了文法，背了許多單字，也記住了不少

口說

慣用語，確實慢慢建立起自信心。

但是，儘管我的分數提高了，也吸收了大量的英語素材，卻經常在實際要說英語時開不了口。

我遇過各式各樣的情況，例如因工作而接待外國人到東京，或者參與線上的英語會話，每每都有同樣的感慨。

「哎呀，我說不出來。」

「我想表達自己的想法，但卻表達得不好。」

明明知道很多知識，卻只能說出少少的一部分，這種有口難言的焦躁讓我認清了事實，原來「了解」與「應用」是兩回事。

我確實記得許多英語單字，也理解正確的文法，但這些都不足以達到「應用」的程度。

如果用數字來表達，我覺得輸入了10分的知識後，只能發揮出5分的實力。

那麼，如果我們想發揮出10分的實力，該怎麼做才好呢？

首先必須要輸入20分的知識。如果單字與文法的知識沒有庫存，就不可能開口表達。輸出的訓練當然也很重要，但前提是要先有大量的輸入。

不過，這裡說的輸入仍是屬於基本程度。

我們不需要記住英語新聞或論文裡的單字，而是要大量吸收日常會話中常出現的字彙，或是自己聽到、讀到且能夠理解的通俗詞語。

關鍵在於把自己了解的英語轉換成腦袋裡的知識。

接下來要做的是輸出。

如同《最高學以致用法：讓學習發揮最大成果的輸出大全》❺（原書名《学びを結果に変えるアウトプット大全》，樺澤紫苑著，日本SANCTUARY出版）這本暢銷書的書名，無論多麼努力輸入，如果沒有輸出，就得不到甜美的成果。

換句話說，大量輸入也要伴隨輸出同時進行，兩者相輔相成，這才是最好的做法。

口說

因為單純地學習新知只是被動接受知識，若要能主動運用，就必須進行輸出的練習。

每記住一個新的單字後，請試著實際從口中說出來。

試著運用這個單字實際寫一段表達自己意見的文章。

這就好比運動一樣，無論耳聞目睹過多少次運動員的動作，如果不親自上場體驗，就不可能有所進步。同理，如果不動一動嘴巴練習，你永遠都不知道說英語是什麼感覺。

最重要的是，輸入與輸出的練習要長期持續下去。

學英語和運動一樣，**唯有透過練習，才會愈來愈擅長**。

唯有長期堅持，英語才能逐漸朗朗上口。

不要對自己的輸入與輸出能力過於自信，要一點一滴地持續努力。

這麼做，才能穩紮穩打地擁有「運用英語的能力」。

❺ 此處的中文書名引自台灣春天出版社所發行之中譯版。

降低英語對話的門檻

——說出五歲小孩也能聽懂的話

有一種訓練口說能力的方法，稱為「瞬間英文造句」。做法是把眼前的母語立刻翻譯成英語，我很不擅長這項練習。我常常覺得，把自己的母語翻譯成英語比把英語翻譯成母語還要難。因為在將母語翻譯成英語的過程中，我必須做更多的思考。

當然，將英語翻譯成母語的作業也不輕鬆，但只要有一定程度的單字量，也理解文法脈絡，就可以順利把英語文章轉換成自己的母語。

關於將母語翻譯成英語的過程，請見左圖的「例1」，我試著把在車站常聽到的廣播翻譯成英語。

口說

降低瞬間英文造句的門檻

例 1 「屆時將有接駁服務」

用簡單易懂的說法來表達接駁的概念。

「因為鐵路局有接駁服務……」不要用這麼複雜的句子

「接駁服務＝利用別條路線」

「接駁服務＝搭乘其他電車」

↓ 把這個說法轉換成英語

You can take a different train line instead.

＊英語必須要有主詞和動詞。

句首一定要使用「I」、「You」、「It」等主詞。

例 2 「我是虛寒體質」

了解何謂虛寒體質後，用簡單易懂的說法表達。

說法 A

「虛寒體質＝對寒涼敏感，容易覺得寒冷」

↓ 轉換成英語

I'm sensitive to the cold.

（sensitive＝敏感）

「虛寒是指一種體質……」這樣聯想的話，很難翻譯成英語

說法 B

「虛寒體質＝怕冷」

↓ 這樣說也 OK

I hate the cold.

我最討厭寒冷。

光是這樣說就能表達怕冷的意思，很簡單吧（笑）

英語和日語（作者的母語）結構本來就完全不同，明白這一點之後，才有能力瞬間在腦海中用英文造句。

這裡有兩個重點。

重點一，英語是比日語更需要說清楚的語言。

日語可以在對方面前直接說：「好喜歡唷！」這樣就能知道這句話是在向誰表達什麼，但英語卻不能這樣說。

說英語時不能省略主詞、動詞和受詞。

直接說「Love!」意思不明確，要說出「I love you!」才能理解。

由此可知，造句時我們要快速決定好主詞。請見本書111頁的「例1」，在該情況下，把主詞設定為「you」，就能輕鬆表達出這句話的意思。

重點二，把句子轉換為簡單易懂的說法。

請想像自己要對五歲的小孩說明。

口說

要向小孩子說明事物時，我們不會使用艱深的詞彙。

若能意識到這一點，幾乎所有的句子，你都能用自己現有的英語詞彙來表達。

如同例句中所示，「接駁服務＝搭乘其他電車」、「虛寒體質＝怕冷」……諸如此類。

利用這種方式，在腦海中進行英文造句的門檻一下子就降低許多。

「用簡單的詞彙換句話說，這麼做效果更好。」

我察覺到這一點後，便調整對瞬間英文造句的做法，因而減輕了不少壓力。

訓練口說能力的關鍵字，就是「使用簡單的單字」。

請想像自己要向五歲小孩說明，抱持這樣的心態來進行口說練習！

飛快提升你的口說能力
——推薦自言自語練習

想要練習口說，一個人就可以辦到。

參加英語會話班或線上會話練習的優點，在於有對象可以談話，這有助於我們建立快速反應以及與人應對的能力。但是，在沒有與人互動的情況下，我們一樣能充分練習如何表達自己的意見或想法。

就讓我向各位介紹自己實踐「英語自言自語」的方法，請見左頁的例子。

先預想自己遇到某個主題時會被問到什麼問題，**事先準備好問題與回答**。無論是參加英語會話班或線上會話的人，還是打算將英語應用在觀光或職場上的人，都可以利用這種方式進行事前練習。

用英語自言自語，是讓口說能力飛快進步的方法之一。

口說

以「食物」為主題的英語自言自語練習

Step1 準備問題

每一個主題約準備五個問題，一般常見的問題即可。

・你喜歡吃什麼食物？
What kind of food do you like?

・你最喜歡的料理是什麼？
What is your favorite dish?

・你早餐都吃什麼？
What do you usually eat for breakfast?

・你自己煮飯嗎？
Do you cook your own meals?

・你都吃什麼作為飯後甜點？
What kind of desserts do you have after a meal?

因為是自言自語，不管要改口多少次都OK

Step2 為每個問題擬定答案

不僅針對問題答覆，還要多寫一些補充內容。

・我喜歡吃水果，特別愛吃柳丁、鳳梨和草莓。
I like fruits, especially pineapples, oranges, and strawberries.

・我最喜歡壽司料理，因為鮪魚是我的最愛。
I like sushi the best. Because I love tuna so much.

・我不吃早餐，但是一般而言，早餐被認為是一天當中極為重要的能量來源。
I don't eat breakfast. Generally speaking, breakfast is said to be very important for energy for the day.

・是的，但我只在週末煮飯。
Yes, I do. But I cook only on weekends.

・我飯後不吃甜點，不過我最愛巧克力。
After a meal, I don't eat desserts. But I love chocolate.

口說

線上英語會話的使用說明

——會話等同於考試

我小時候學過很多才藝，一開始是鋼琴，後來還有游泳、書法、珠算等等。

無論是孩童時期或是長大以後，音樂、運動等才藝的學習門檻都不算高，而且容易上手，這或許是因為一開始就以輕鬆的態度學習。

英語會話也像是一種才藝，但卻和運動截然不同，不僅令許多人感到挫折，甚至有很多持續學習的人卻對自己的英語能力沒有自信。

仔細思考其中原因，我發覺問題出在觀念上。

對大多數的日本人來說，英語＝英語會話＝必須在大家（對方）面前展現自己的英語能力＝丟臉！

我想正是因為有這樣的觀念，才會讓人感到挫折。人人都以為「英語＝英語會話」。一開始就用這種觀念學英語，無疑是在提高自己學習英語、享受英語的門檻。

「英語」和「英語會話」兩者看起來相似，實則不然。

英語會話就像現場考試，你永遠不知道對方會拋出什麼句子過來。當我們興致勃勃地想重新學習英語，而從英語對話開始著手，那就好像沒有先做揮棒練習便直接進行棒球比賽一樣。

這裡所謂的「揮棒練習」，意指先前提過的朗讀（包括跟讀、背誦）、自言自語等等，不先做這些奠定基礎，就不可能進行英語對話。

在前期練習階段，請**先確實掌握基本的單字與文法**。建議大家利用這個階段打好基礎，再開始挑戰英語會話。

近來，線上英語會話課因為又方便又便宜，相當受到人們喜愛。

但請大家想一想，就算是講自己的母語，要和初次見面的人聊天也不是件簡單的事。我們心裡總是格外擔心：「要和對方說什麼？怎麼說比較恰當？對方會回答什麼？」因而小心翼翼地選擇話題與遣詞用字。

如果改用英語對話，情況就更加困難了。

即便對方是我們付錢請來的老師，英語會話依舊是「對話」。

與人互動就會消耗能量，毫無準備地貿然開口，那可就太莽撞了，白白浪費精力。

前文中談到，即便不參加英語會話班或線上會話練習，也能靠自學來加強英語口說能力，說得更明確一點，**我建議大家一開始最好先自己練習**。

在基礎（尤其是基本的單字和文法）還不穩固的情況下去挑戰線上英語會話課，結果便是無話可說，而且話題還會被老師帶著走。

話題若被老師帶著走，那整堂課便淪為老師單方面的說話。

我們明明是去上「英語『會話』課」，為什麼變成只能聽老師說話的聽眾呢？這是我過去的慘痛經驗。

這種英語會話課，一點也沒有要開始對話的意思。

所以，請大家做好課前準備，預先做好揮棒練習，如此一來才能完整地表達自己想說的話。

我們可以和老師一起閱讀新聞報導作為線上英語會話的教材，但自己要先查詢發音和報導內容，盡可能多加練習。

線上英語會話的優點很多，但開始的時機（時期）應該仔細斟酌。

請不要焦急，先做好充分練習之後再來面對真人考試，才能享受英語會話帶來的愉悅與充實感。

口說

如何利用ＮＨＫ講座學會英語

──僅觀看節目終究無法達成目標

「ＮＨＫ的廣播教學講座❻讓我達成外語進步的目標！」

ＮＨＫ的外語教科書讀者專頁上，經常可以看見這樣的感言。

很久以前，我聽到這樣的話時，心裡總覺得是天方夜譚。

ＮＨＫ的外語廣播和電視教學講座，每個節目大約是15分鐘左右，有的節目甚至只有10分鐘，每週固定播放2、3天，「光看節目怎麼可能學會英語！」──當時的我總覺得不以為然。

但事實證明我錯了，確實有人利用ＮＨＫ的教學講座達到學習成果，而且為數不少。

我做了各種調查後，發現那些達到學習成果的人有著共同的特徵，他們一天不只學15分鐘，而且都把ＮＨＫ的講座節目用得淋漓盡致，請見以下列表。

- 看著教材內容做**精聽**練習（2、3次）。
- **朗讀**（3～5次）。
- **查單字**。
- 再次確認**文法的意思**。
- 把**練習題**抄在別的筆記本上。
- 再聽一次，**確認發音**。
- **朗讀**（3～5次）
- **再聽一次**。

每一次的講座節目都會被利用到這種程度，這是一天的教學內容。

假設每週播放3次，那同樣的練習就反覆做3次。

到了第二週後，還要不時找時間複習上一週的內容。

---

❻「ＮＨＫ講座」是日本著名的英語學習節目，但作者此處所提出的學習步驟，應可適用於以中文進行教學的任何英語學習節目。

現在，我也利用NHK的廣播教學節目，認真地學習英語、法語、義大利語以及德語。

在節目進行的15分鐘內好好上課，一一做到聆聽、理解、開口等步驟。

這些步驟結束後，我便單純地收聽節目內容。到了第二天，幾乎所有的內容都會被遺忘。

但我會用前述方法進行複習，將內容刻印在腦海裡。

透過反覆的回想、理解等過程，等我意識到時，早已記住了內容，這種感覺與日俱增。

節目本身最多只有15分鐘，在節目以外的時間就要盡己所能不斷練習，這麼做是有意義的。

道理就好比上英語會話課一樣。

一堂英語會話課最多上30～60分鐘，下課後直到下一堂課之前，你會為了複習付出多少努力？抑或是半途而廢？

一個人成功與否的關鍵就在這裡。

NHK講座是優秀的教材，任何人都能馬上利用。

不僅教材便宜，學起來也很輕鬆。

正因如此，才讓許多人遭遇挫折，這是它諷刺的一面。

但是，也有許多人利用這套教材學習，最終考取英語證照，達成自己的目標，這也是不爭的事實。

之所以有這樣的成效，是因為在節目的15分鐘後，他們仍孜孜不倦地持續學習。

大家都擁有相同的教材，唯有他們在節目以外的時間仍格外努力。

由此可知NHK講座長年暢銷的理由了。

它給對語言有興趣的人帶來學習的契機。

至於要怎麼活用這套教材，則取決於個人。NHK講座的教材內容和播放時間非常彈性，你可以敷衍了事，也可以堅持到底，而我當然以後者為目標。

讓我們設法把這套教材物盡其用吧！

寫作

多益測驗的副產物

——只要能正確閱讀，自然能學會寫作

我沒有特別學過英文寫作。

但工作上要寫英文郵件時，我依然能流暢地寫出來（在工作場合，只要照著「既有格式」寫就行了）。我也不曾私底下請英語母語者幫我修改文章，因為沒有必要。

當我要去考多益的口說與寫作測驗及英檢一級時，才有訓練寫作的想法。當然，為了準備多益的口說與寫作測驗，我也買了試題本回來練習，但結果出乎意料，我毫不費力地便拿到寫作200分的滿分成績。

事實上，由於我長期專注於多益的聽力與閱讀測驗，因而培養了我的寫作能力。

在多益的聽力與閱讀測驗中，閱讀測驗的問題（Part7）對寫作特別有幫助。

閱讀測驗的題型在某種程度上是固定的。

而且經常出現電子郵件會用到的固定句型。

為了準備多益的聽力與閱讀測驗，我持續大量閱讀Part7的文章，結果將電子郵件的寫法大致都記在腦海裡了，這似乎起了作用。

學習寫作有許多方法，例如用英文寫下預定行程、寫日記、利用英文寫作網站、活用線上教學等等。

寫作雖然是把自己的想法書寫出來的一種「輸出」行為，但大量閱讀正確的英文，也能培養寫作能力。

這也表示，多益的聽力與閱讀測驗應該要拿來多加利用。

Aki's 精挑細選

鞏固英語基礎的推薦教材

無論書店裡或網路上，都充斥著大量的英語學習教材。
我在這裡整理出自己實際用過的教材，
以及進行英語教學時讓學生使用的教科書。
本書的目的之一是「讓想重新學習英語的人持之以恆地學習」，
因此這裡推薦的教材，皆以打造英語基本實力為主。

＊以下作者推薦的英語教材大多為日語版，書名為譯者暫譯。
如有中譯本則另行加註，提供讀者參考。

奠定「閱讀」、「聽力」、「口說」的基礎：朗讀 ▶ p68

「絕對英語會話・朗讀」系列 ★

《絕對英語會話・朗讀【入門篇】》
（原書名《英会話・ぜったい・音読【入門編】》，國弘正雄編，久保野雅史指導練習，千田潤一精選主題，日本講談社）

《絕對英語會話・朗讀【標準篇】》
（原書名《英会話・ぜったい・音読【標準編】》，國弘正雄編，千田潤一指導練習，日本講談社）

《絕對英語會話・朗讀【挑戰篇】》
（原書名《英会話・ぜったい・音読【挑戦編】》，國弘正雄編，千田潤一指導練習，日本講談社）

Point 入門篇的程度為中學1、2年級，標準篇為中學3年級，挑戰篇為高中生程度。
每本教材都有續篇，總計有六冊。我從入門篇開始學習。

奠定「閱讀」、「聽力」、「口說」的基礎：瞬間英文造句 ▶ p71

《瞬間英文的奇蹟：10秒英文脫口說》❼
（原書名《どんどん話すための瞬間英作文トレーニング》，森澤洋介著，日本Beret出版）★

《每日英文文法 在腦中建立「英語模式」》
（原書名《毎日の英文法　頭の中に「英語のパターン」をつくる》，James M. Vardaman著，日本朝日新聞出版）★

Point 書中將瞬間英文造句與朗讀一起練習。即便是簡單的文章，我們也很難立刻將自己的母語翻譯成英語，因此可以利用這幾本書自我訓練。

---

❼ 此處的中文書名引自台灣李茲文化有限公司所發行之中譯版。

奠定「閱讀」、「聽力」、「口說」的基礎：文法 ▶ p84

「中學科目好好學」系列（原系列名「中学ひとつひとつわかりやすく。」）

《中1英語好好學》
（原書名《中1英語をひとつひとつわかりやすく。》，山田暢彥監修，日本學研PLUS）

《中2英語好好學》
（原書名《中2英語をひとつひとつわかりやすく。》，山田暢彥監修，日本學研PLUS）

《中3英語好好學》
（原書名《中3英語をひとつひとつわかりやすく。》，山田暢彥監修，日本學研PLUS）

《英語哈農 初級——改造口語力的英語文法超級手冊》
（原書名《英語のハノン　初級——スピーキングのためのやりなおし英文法スーパードリル》，横山雅彥、中村佐知子著，日本筑摩書房）

Point 以上四本書是我開設的補習班使用的教材，目的是讓學生從中學英語開始重新學習。由於程度從「This is a pen.」開始，因此學起來很輕鬆，同時兼顧口說練習。

《徹底詳解 新觀念英文法 新版修訂》
（原書名《徹底例解　ロイヤル英文法　改訂新版》，綿貫陽著、修訂，須貝猛敏、宮川幸久、高松尚弘合著，日本旺文社）★

Point 不要一頁一頁從頭看到尾，遇到不懂的文法時再當作字典查詢。內容淺顯易懂，給人「搔到癢處」之感，能夠完全解除讀者的疑惑。

《即戰講座3 大學入學測驗 高頻英語問題綜合演練》
（原書名《即戦ゼミ3 大学入試　英語頻出問題総演習》，上垣曉雄編著，日本桐原書店）★

Point 由於本書是大學入學考試用書，所以程度較高，是我高中時使用的書籍，準備多益時當作字典查詢。

「1天1分鐘！」系列★

《1天1分鐘！TOEIC® L&R TEST　千錘百鍊！》
（原書名《1日1分！TOEIC®L&R テスト　千本ノック！》.，中村澄子著，日本祥傳社）

Point TOEIC專用教材。用一問一答的形式說明文法問題，相當容易閱讀，推薦給大家。

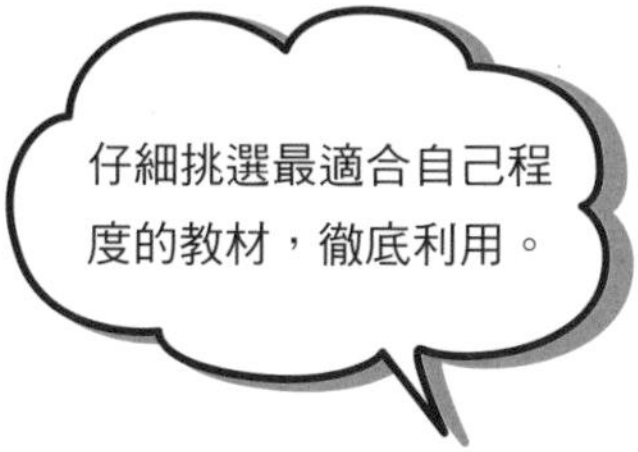

Aki's 精挑細選 鞏固英語基礎的推薦教材

聽力（Listening） ▶ p88

NHK廣播講座的教科書

《英語會話計時練習》

（原書名《英会話タイムトライアル》，NHK出版、日本放送協會編，日本NHK出版）

《高中生的「現代英語」》

（原書名《高校生からはじめる『現代英語』》，NHK出版、日本放送協會編，日本NHK出版）★

《廣播商用英語》

（原書名《ラジオビジネス英語》，NHK出版、日本放送協會編，日本NHK出版）★

TOEIC官方試題本★

《TOEIC® Listening & Reading官方全真試題》

（原書名《公式TOEIC® Listening & Reading問題集》，EST著，日本國際商業溝通協會）

Point 若以正常速度播放聽不懂，就把速度調慢「x 0.75倍」播放。

Podcast★

culips.com等節目

Point 該節目的英語母語者說話語速較慢，容易聽懂，因此推薦給大家。節目內容涵蓋英語新聞乃至英語教學，大家可以從中選擇喜歡的題材。

閱讀（Reading） ▶ p100

TOEIC官方試題本★

《TOEIC® Listening & Reading 官方全真試題》系列等等

《The Japan Times Alpha》（日本版時代雜誌）★

Point 英日雙語週刊，內容涵蓋新聞乃至文章閱讀，題材廣泛，每一篇文章的篇幅都很短，單字也淺顯易懂，容易閱讀。美國《TIME》雜誌過於艱深，令我深受挫折，於是便轉向日本版時代雜誌學習。

口說（Speaking） ▶ p118

NHK廣播講座的教科書

《英語會話計時練習》

《高中生的「現代英語」》★

《廣播商用英語》★

線上英語會話

DMM英語會話（https://eikaiwa.dmm.com/）

RareJob英語會話（https://www.rarejob.com/）

NativeCamp（https://nativecamp.net/）

Point 經過多方嘗試之後，不需預約課程的NativeCamp最適合我，而且每一個月的學費都可以無限上課。

寫作（Writing） ▶ p124

《CHAT DIARY 英語3行日記》

（原書名《CHAT DIARY 英語で3行日記》，ALC出版編輯部著，日本ALC PRESS INC）

《TOEIC® WRITING TEST問題集》

（原書名《TOEIC® WRITING テスト問題集》，Robert Hilke、英語便著，日本研究社）★

Point 報考多益的口說與寫作測驗時，可運用以上教材來準備寫作測驗，書中教讀者大量的考試策略。

Fruitful English網站（https://www.fruitfulenglish.com/）★

Point 這是請英語母語者修改作文的網站，我是在準備英檢一級的一次試驗[8]（寫作測驗）時才利用這個網站。自己很難察覺到自己文章中的文法、拼字錯誤，因此可以請第三人幫忙修改。

TOEIC官方試題本★

《TOEIC® Listening & Reading官方全真試題》系列等等

Point 開始準備TOEIC測驗後，我自然而然就學會了E-mail的寫作格式。

---

[8] 日本的英檢為五級，一級為最高等級。一級英檢又分為一次試驗（初試）和二次試驗（複試），前者的試驗內容為筆試與聽力，後者則為面試口說。

Column

在疲勞前稍事休息，有效提高生產力

回顧從前的自己，一鼓作氣地連續工作或學習，乍看之下好像很努力，其實大多時候只得到做苦工的感覺。

人的專注力，據說少於30分鐘。

就連不斷寫出暢銷書的作家，在他的專訪中也提到自己只能專注10分鐘。「寫作是很累的工作，我只能寫10分鐘，在這一小段時間高度集中注意力，一鼓作氣寫出文章，覺得疲勞時就停筆，然後動一動身體做別的事，才又有寫作的欲望，接著繼續寫10分鐘。」

我對這番話印象深刻，不禁心想：「什麼嘛，原來大家都一樣啊！」換句話說，就是把專注力發揮到最大程度，趁著能做時盡量做，中間穿插休息時間。

我注意到這一點後，便去調查學習和專注力的關係，偶然得知有所謂的番茄鐘工作法。番茄鐘工作法的進行方式如下。

工作25分鐘，時間一到便停止手邊的工作。

休息5分鐘後再繼續工作。

就這樣反覆4次，接著做30分鐘的大休息。

一開始設定的25分鐘，每天會有些許變化，但強制休息一定要確實執行。自己決定好的時間一到，就必須休息。如果覺得工作時間很短，那是為了讓你沒有閒工夫浪費在不重要的事情上，也沒時間胡思亂想，你會逐漸習慣把握每一分鐘。

此外，即便工作還沒完成，時間一到還是要休息。這麼一來，休息時心裡也會想著尚未完成的工作，待會馬上就能接著做。

我認為，這種「未完待續」的心理作用具有一定的效果。

稍微離題一下，我每天都會在清單上列出一天中「想做的事」和「該做的事」，就算事情很多，我還是會全部寫下來。

經過一番整理之後，我會決定在當天著手做清單上的每件事。

即使知道不可能全部辦到，我依然會做相同的決定，事情沒有完成也不要緊，我重視的是「多少做一點」。這裡說的「做一點」，以學習而言，只要打開課本就算做到了，單純確認自己做了某件事也可以。

總而言之，要留下「看過、做過」的痕跡，還沒完成的部分就加到明天的清單中。在「未完待續」的心理作用下，繼續工作時就不覺得那麼麻煩了。

番茄鐘工作法&未完待續的心理作用。

採用這種方法後，便逐漸減少我驚呼：「糟糕，我完全沒做！」的次數了。

而且，在疲勞之前稍事休息，生產力便自然而然提高，使整個過程進入良性循環。

明明沒有「拼死拼活」的感覺，但就結果來說，學習的成效卻有相當大的進步。

Chapter 3

利用多益測驗
極致提升
英語實力！
攻略法教學

利用多益測驗提升英語實力
——看清自己該怎麼做

如同前文所述，對我而言，英語＝多益測驗。

我在從事公務員工作期間，僅憑自學便取得多益滿分的成績。我真切感受到，多益測驗所帶來的英語能力可以應用在任何層面上，一切取決於你如何使用。

- 公務員考試（也要考英語）
- 日本導遊測驗❶（多益９００分以上免考英語）
- 英檢（同樣要考基礎英語）
- 大學入學考試（多益的準備方式亦適用）
- 商業用途（例如電子郵件等標準格式）

TOEIC優點

這些只是一小部分，準備多益測驗所得到的收穫遠不止於此。

準備多益測驗的好處，是**非常簡單明瞭**的。

而且，**你會很清楚自己不懂的地方，明確知道該做什麼努力**。

當然，**準備的過程中也會讓人清晰地感受到「學會的部分」與「成長」，因而愛上英語**。你會對自己愈來愈有自信，想要繼續學習更多東西。

換句話說，多益測驗不會用「英語能力」這種模糊的字眼來表現，**而是用具體形式的「分數」，讓你更容易進行自我分析**。無論學習哪一門學問，自我分析都是非常重要的步驟。

需要提高多益成績的人當然不用說，想要提升英語會話等其他能力的人，我建議也要報考一次多益公開測驗。

另外，如果有人利用其他方法學習，但英語程度停滯不前，希望你們試著讀一讀多益教材，我想一定能從中獲得啟發，打破眼前的僵局。

活用多益測驗，是學習英語時增強實力的一條捷徑。

---

❶日語為「全国通訳案内士試験」，屬於日本國家考試，自2006年起可在台灣報考，但2022年僅在日本國內舉辦。詳見網站：https://www.lttc.ntu.edu.tw/JTG.htm

什麼是多益測驗？

——升學考試、就業、轉職、考取證照都用得上

在日本的官方網站上，對於多益測驗的意圖有明確的說明，也就是「用以衡量考生在實際溝通情境中的英語能力」。

無論是社會人士想提升職場競爭力、外派至海外工作，或是學生參加升學考試、求職活動，還是為了考取專業證照、參加志工服務，都會用到多益測驗的成績作為評核標準。

多益測驗又可分為「TOEIC® LISTENING AND READING TEST」（L&R＝聽力與閱讀）與「TOEIC® SPEAKING AND WRITING TESTS」（S&W＝口說與寫作），包括

外資企業及大型企業的國外相關部門在內，一般企業採用的多益測驗，幾乎都是指TOEIC L&R TEST（本書將TOEIC L&R TEST記為「TOEIC」或「多益」），我最初開始重新學習英語時，也是為了準備TOEIC L&R TEST。

TOEIC L&R TEST正如其名，是由聽力與閱讀組成，用以評量考生這兩項英語能力。考題著重於日常生活及商業場合會用到的對話與文件，因此能**用來學習真實的英語表達，尤其適合商用英語**。

測驗結果沒有所謂的「通過」或「不通過」，而是將考生的英語能力以10～990分的成績呈現。

測驗的形式與結構為聽力（45分鐘回答100題）和閱讀（75分鐘回答100題），換句話說，大約要用2小時的時間回答200題，以劃卡方式作答。

出題形式每次都相同，測驗內容為全英語組成，當中沒有需要進行翻譯的題目。

聽力測驗分為四大題，考生聽到英語對話或一段敘述後，便針對問題作答。

Part1　照片描述　6題

每一張照片伴隨著四個簡短的描述，音檔只播放一次。選擇最符合照片的描述，在答案卡上劃記。描述的句子不會印在考卷上。

Part2　應答問題　25題

與Part1一樣，但沒有照片可以參考，要直接從三個選項中聽出問題或文章的答案。

Part3　簡短對話　39題

音檔中會聽到兩人或三人在對話，考生從題目的選項中選取答案。每一段對話底下有三個題目，也可能搭配圖表。

Part4　簡短獨白　30題

和Part3一樣，但不是對話，而是由一個人說出一整段內容。

TOEIC 概要

閱讀測驗分為三大題，考生需讀過考卷上的句子或文章後再作答。

Part5 句子填空 30題

從四個選項中選出最適合填入句子空白處的單字。

Part6 段落填空 16題

形式和Part5一樣，但文章比較長，每一篇文章底下有四個題目。

Part7 單篇閱讀 29題，多篇閱讀 25題

基本上與Part5、Part6一樣，但這裡會出現各種類型的文章，每一篇文章底下有多個題目，甚至會要求考生將新句子插入文章中最適當的位置。

接下來，我會依照多益的分數級距和每一個大題，向各位一一介紹自己親身實踐過的學習方法。

總之先報考看看

——目標600分的學習方式

□每天撥出三十分鐘學英語。 ⬇調整生活作息

□學英語就從朗讀開始。 ⬇朗讀能有效加強聽力與閱讀

□選擇低於自己目前程度的內容作為朗讀教材。 ⬇不要逞強

□一天至少朗讀一次。 ⬇不朗讀的話就不用繼續了

□精通中學三年的基本單字和文法。 ⬇靠著朗讀就能做到

□馬上去買TOEIC官方全真試題。 ⬇別想等英語能力變好再買，那天不會到來

□報考TOEIC的公開測驗。 ⬇總之先報考看看再說

TOEIC 600

TOEIC的平均分數每次大約都落在600分左右，換句話說，「超過600分＝擁有平均值以上的英語實力」。

對於英語初學者來說，TOEIC 600分是完全可能實現的目標，因為600分所需的英語能力幾乎都是基礎的單字和文法。

就這層意義而言，TOEIC 600分應該是我們最初要攻克的里程碑。在TOEIC官方網站上，470～700分被認定為「能夠滿足日常生活的需求，也能在一定範圍內達到業務溝通的目的」。

要達到600分的成績，就要做到以下功課。

- 建立學習習慣。
- 掌握TOEIC常出現的基本單字與文法。

想要達到600分的目標，就要確保每天學英語的時間，哪怕時間不長也沒關係。

利用朗讀建立學習習慣

我開始準備TOEIC後，很快就決定要「利用通勤前的三十分鐘朗讀英文」。這個練習持續了一段時間，當然也會遇上睡過頭、一大早急急忙忙趕著出門，連三十分鐘都沒有的時候，那天我就只進行一次或五分鐘的朗讀，那也沒關係，至少不是完全沒做。

如同本書Chapter2的說明，朗讀是打造英語基本能力的必要練習。一旦決定好朗讀的教材和方法，剩下的就是確保朗讀的時間。不用勉強自己，可以配合當時的生活型態，基本上一天要朗讀三十分鐘。

對我來說，三十分鐘就是極限了，因為出聲朗讀是非常消耗體力的行為。

即便如此，經過了三天、一週、一個月、三個月……，朗讀的效果便逐漸顯現。持續朗讀三個月之後，我感覺自己擁有的單字量和文法程度達到了中學三年級的水準，說英語時不再卡住，也逐漸習慣英語的發音。

隨著時間的流逝，我的朗讀教材從入門篇提高到標準篇（甚至開始進入挑戰篇），實實在在感受到自己的實力正一步一步建立起來。

鞏固中學三年學到的文法

在這段期間，建議你徹底打造「英語的基本能力」。就經驗上來說，**老老實實鞏固好中學三年學到的文法，是達成TOEIC600分的捷徑**，TOEIC的文法程度並沒有很高。

購買官方全真試題

針對TOEIC公開測驗的實際對策，建議大家盡快去找官方全真試題來練習。對於報考TOEIC的人來說，官方全真試題絕對是必備的教材。

話雖如此，我當初準備考試時，並沒有馬上購買。理由很簡單，因為我不知道有官方全真試題的存在。明明自己是以報考TOEIC測驗為目標，竟然不知道這個資訊，實在是太丟臉了。

官方全真試題的題目和正式考試時的程度相同，這是它最棒的優點。如果能事先習慣考試的形式，臨場時就不會感到心慌意亂。

而且，既然被冠以「官方」之名，想當然耳，**全真試題中涵蓋了許多TOEIC常**

出現的單字和文法，這也是它的優點之一。

聽力訓練的部分，同樣是把學習精力集中在官方試題上便十分足夠。反覆聆聽題目，有時大聲朗讀出來，讓耳朵習慣英語的聲音。

當你開始準備TOEIC，請立刻去找官方全真試題認真做做看。

掌握試題中的高頻單字

如前所述，只要我們認真研究TOEIC官方全真試題，就能確實學會考試裡常出現的高頻單字。

由於我不喜歡盯著單字書一字一字地硬背，所以便利用「實際寫考題」的方式，靠著官方試題來提高字彙量。

對於一些喜歡用單字書、適合用單字書的人，我推薦《TOEIC新制多益必考單詞基礎篇》❷（原書名《TOEIC® L&R TEST 出る単特急 銀のフレーズ》，TEX加藤著，日本朝日新聞出版），當中收錄了TOEIC公開測驗最重要的1000個單字。

打電動學英語

事實上，除了寫TOEIC官方全真試題以外，當時還有一件事令我沉迷其中不可自拔。

你猜猜看是什麼？——答案是任天堂DS的英語電動遊戲！

利用DS遊戲學英語，實在是快樂無比，讓我玩得著了迷。當我知道有設計給TOEIC學習用的電動遊戲時，內心不由得一陣激動，如果可以用這種方式打好英語基礎，那就太棒了！

我可以邊玩邊學，不用強迫自己學習。拜電動遊戲之賜，讓我一口氣突破了700分。

當初我之所以那麼熱衷於打電動，是因為我沒有勇氣面對TOEIC厚厚的試題本。而打電動的優點，就是能在玩樂中學習，使人在歡快的氣氛中達到學英語的目的。

❷相當於此書升級版的《TOEIC® L&R TEST 出る単特急 金のフレーズ》，目前已由台灣EZ叢書館出版中譯本《New TOEIC新制多益必考單詞1000》。

TOEIC的初學者根本對英語不甚了解（或忘記了），如果不在學習過程中增添一點樂趣，學英語就會變成一件苦差事。

快樂學習，才是提高成績的捷徑。

總之先去報考公開測驗

請大家盡可能多報考公開測驗，一點一滴地提高自己的成績。雖然要花掉不少時間和金錢，但我還是建議報考。

「等我準備得更充分之後再去考」——如果要等到一切完備，那一輩子都不用參加公開測驗了。這也是我不斷反省的一點，因此再三向大家強調。

我第二次報考多益測驗時，成績便從570分稍微提高到600分以上，但兩次考試之間隔了三個月，因此，第二次報考時，我有點忘了臨場考試的感覺。此後，我以每半年一次的頻率報考多益，因為我想準備得充分一點再參加考試。

之所以說要「準備得充分一點」，是因為當時我覺得，以自己的現況參加考試也不會有大幅度的進步，因而有些氣餒，另一方面也感到不安，擔心自己的成績可能會下滑。所以才會盡量空出一段時間，想做充分的準備後再報考。

如今想來，所謂的「充分準備」是什麼意思呢？

我最終是考到了多益滿分的成績，但卻從不曾覺得自己準備得很完美才去參加公開測驗。與其想著要充分準備後再報考，如果可以的話，倒不如報考每次的公開測驗來得實際。

多益公開測驗有著考試獨有的臨場感。比方說考聽力測驗時，使用的是平常絕對沒有人在用的錄音帶播放音檔，考場也讓人感覺像是回到了大學時代的講堂裡。正式的公開測驗有太多非日常生活的元素，如果先熟悉考試環境，就有更多機會盡早提高分數。

人不可能馬上適應自己不習慣的環境，第一次經歷時，任何人都會手足無措。為了避免這種情況發生，建議大家盡量多報考公開測驗，事先熟悉考試的環境。

提高答題正確率

——目標730分的學習方式

- □每天撥出一小時學英語。 ⬇調整生活作息
- □活用零碎時間。 ⬇利用移動和做家事的時間聽音檔
- □隨身攜帶簡便的教材，趁零碎時間輕鬆閱讀。 ⬇中村澄子的《1天1分鐘》系列、《TOEIC® TEST特快車》系列❸等等
- □練習瞬間英文造句。 ⬇推薦《瞬間英文的奇蹟：10秒英文脫口說》（參考本書126頁，有效針對Part2的短句練習）
- □每天接觸英語長文讀解。 ⬇Part7的單篇閱讀
- □持續做朗讀練習。 ⬇提高教材程度
- □每週做一回完整的官方全真試題。 ⬇讓身體記住臨場考試的感覺

TOEIC 730

若將TOEIC的平均成績600分至滿分990分劃分為四個級距，便是「600」、「730」、「860」、「900」。

730分屬於第二個級距（藍色證書），是**作為600分的下一個目標，市面上可見不少參考書，也是許多企業的用人指標**。

要達到730分，就要做到以下功課。

- 繼續保持基礎實力。
- 對TOEIC題型進行實際演練，擬定每個大題的答題策略。
- 了解時間分配和答題技巧，雖然與英語能力沒有直接關連，卻是提高分數的方法。

當我的分數超過最初設定的600分之後，我仍持續進行朗讀練習，因為朗讀確實帶來了本書Chapter2所描述的良好成效。

❸原系列名《TOEIC® TEST 特急》，由日本朝日新聞出版所發行。

不過，藉由朗讀拓展腦內的英語迴路終究是基本功，我必須建立一套多益的考試對策，**讓自己有能力應付公開測驗**。

體驗破關快感的試題本

我希望在提高英語能力的同時，也擁有解題能力。既然參加了公開測驗，當然想得到好結果，而從Ｐａｒｔ５下手特別容易提高分數。

這便是我接下來的功課。既然如此，我該怎麼做呢？

我需要有關ＴＯＥＩＣ考試策略的參考書，我最早買的ＴＯＥＩＣ Ｐａｒｔ５攻略書，便是中村澄子編著的《１天１分鐘》系列（本書１２７頁）。

在日本，真正懂得如何準備ＴＯＥＩＣ的人才會知道這系列叢書。

這個系列的書，優點在於尺寸為文庫本❹大小，不僅攜帶方便，而且一問一答的編排形式就像猜謎一樣，深得我心。

更棒的是，每一題都會用★表達難易度，激發了我的挑戰精神，而一問一答的形式就像打電動一樣，一下子就知道自己是否破關，讓我深深樂在其中。

我在剛開始準備TOEIC時就邂逅了這本書，真的很幸運！

一擊必殺的掃讀技巧

我的下一個煩惱，是擬定Part7的長文閱讀對策。不僅是我，要突破730分的瓶頸，Part7是必然會碰上的關卡。

要在75分鐘內寫完100題的難度相當高，簡直是被時間追著跑，這讓我認真思考：「一定要讀完整篇文章才能寫題目嗎？」為此拼命地尋找解決方法。

我找到的方法之一，就是掃讀（scanning）。

掃讀的意思是「為了尋找特定的資訊或單字，用眼睛快速掃過英文文章，僅閱讀必要的部分」。

與其瞪大眼睛仔細閱讀文章尋找關鍵字，不如快速「看過去」就好。

❹文庫本為日本特有的書籍尺寸，通常為A6規格105×148mm的平裝書。

如果發現可能符合的單字，便立刻對照選項劃記。

我發現這種做法能用很短的時間寫完一題，尤其是單篇閱讀的廣告題型特別有效。

不過，掃讀也有缺點，有時文章後面會出現提示或補充說明。

舉例來說，某篇文章在最後面用極小字寫著：「※拍賣會原定於週日結束，為配合客戶需求，故順延至週一。」這麼一來，考生如果沒有細心閱讀，一下子就選擇文章中原本的「拍賣會於週日結束」，那便寫錯答案了。

快速掃讀時，若以為看到的關鍵字就是正解，答題時便不會發現那一小行注釋。不可否認，由於是飛快掃過整篇文章，因此只能粗略地看過。

掃讀技巧雖然只能用來突破Ｐａｒｔ７的初步階段，但要達成７３０分的目標，這樣便十分足夠。此時的我還沒有體力讀完Ｐａｒｔ７所有的題目，因此考試時只求盡量多解決一題，達到階段性目標。

習慣閱讀長文

我每天都會針對Part7做練習，要求自己一天寫一個題組。平常若不養成「閱讀英文」的習慣，到了公開測驗時就會感到非常疲憊。

此外，如果目標要達到730分，答題正確率便要高於七成，因此我也注意到時間分配的問題。

閱讀測驗的部分，Part5、Part6各分配15分鐘仔細作答，剩下的45分鐘便用來寫Part7。

想當然，Part7是寫不完的，後面的題目只好亂猜，在答案卡上的任一選項塗黑。

但是，正確答題才能提高分數，所以我時時提醒自己要「盡力而為」。

讓眼睛和大腦習慣閱讀測驗

——目標860分的學習方式

□有意識地增加每天學英語的時間。➡充分利用通勤時間和午休時間

□每週完整做兩回模擬試題。➡掌握速度感

□增加對聽力測驗Part3、Part4的題型庫存量。➡讀官方全真試題的詳解譯文。參考本書180頁的「讀詳解中的譯文掌握題型」

□聽力測驗可以用推測法解題。➡沒有全部聽懂也沒關係

□專心聆聽。➡聽力測驗時不要做別的事

□大量閱讀。➡考試當天不應該是你讀最多英文的日子

□補強不確定的文法。➡可參考《TOEIC® TEST特快車》系列叢書

TOEIC 860

根據TOEIC官方網站，860分以上被歸類為最高難度的金色證書。

換句話說，這已經是相當高的等級了。

TOEIC官網對金色證書的能力評價主要有以下兩點。

▌▌▌▌▌▌▌▌

- 在自己的經驗範圍內，能正確理解專業以外的領域，並表現出恰當的回應。
- 能正確掌握英語詞彙、文法、句型，擁有流暢使用的能力。

此外，一旦取得860分，不但轉職的工作選擇變多，在公司裡也能調動到喜歡的單位，到國外出差更能減少語言不通的困擾，好處多多。使用英語能拓展我們的活動範圍。

我將這時期的功課定為以下三項。

▌▌▌▌▌▌▌▌▌▌▌▌▌

- 比之前增加更多學習時間，連零碎時間也不放過，理想上一天學習三小時。
- 聽力測驗以450分以上為目標。
- 為了不忘記臨場考試的感覺，反覆做模擬試題練習。

聽力測驗時不要做別的事

此時，Part1、Part2的照片描述和應答問題，我已經能拿到不錯的分數了。

但Part3、Part4是較長的對話和獨白，寫到最後我的眼淚差點飆出來，因為我聽不懂。

當時，我的解決方式如下。

- 在說明題型時，我就去看題目和選項。
- 當我看到第三題的選項時，音檔開始播放。
- 耳朵聽著音檔，眼睛繼續看。
- 聲音與文字混在一起，把腦袋搞得一團亂。
- 好不容易完成第一題和第二題。
- 雖然看了第三題，但因為不清楚音檔內容，於是隨便選擇答案。

在一片慌亂的心情之下，進入下個問題。

這種狀態持續下去，我逐漸跟不上音檔的速度，沒辦法先看題目和選項，結果考得一場糊塗。

從這次經驗中，我得到了一個教訓。

那就是不要邊聽英文邊看題目。

於是我把全副精神集中在音檔上，打算在每個題組的三題問題中答對前兩題，所以我聽完全部內容以後才作答。

我改變了作戰策略，將心態調整為「答對兩題就很棒了！總之，聽音檔時不要看題目！」、「如果沒有多餘的力氣寫完三題，能寫的題目就要確實拿到分數！」

徹底實行這項策略後，我在Ｐａｒｔ３、Ｐａｒｔ４的答題正確率逐漸上升。

當我不再要求自己三題全部答對時，便能漸漸放鬆心情去學習。

此外，我在移動時（主要是走路）也會聽官方試題，讓耳朵習慣英語環境。

無論是聽力還是閱讀都一樣，建議大家每天都要接觸，去習慣TOEIC特有的表現和特徵。

閱讀測驗時間不足的對策

閱讀測驗的部分，我每次考試都來不及寫完。

原因如以下三點，比重由高至低依序為❶→❷→❸。

❶ 閱讀速度太慢（Part7）。

❷ 不知道正確答案是哪一個，在同一題停留太久（Part5）。

❸ 劃錯答案卡，導致每一題都要改，花了很多時間。

總而言之，若能提高閱讀速度，時間不足的問題就能解決八成。

如果能快速閱讀，先不管答案對不對，總之就有多餘的時間把所有問題看過一遍。

為什麼我的閱讀速度比較慢？經過自我分析的結果，最大的原因出在英文閱讀量太少。之後我便時時提醒自己，盡量多閱讀Part7的文章。

想要增加閱讀量，重點在於活用零碎時間。等電車的時間若有五分鐘，我就會快速翻開第七大題，利用這段時間做一個題組。

接著我決定**每週做兩回模擬測驗，每次都要花整整兩個小時**，藉此培養體力與耐力，好讓自己能大量閱讀長文。平時練習就模擬正式考試時的情況，從中得到新的發現與收穫。

將試題本物盡其用

當時，我利用通勤和午休等零碎時間來讀《TOEIC® TEST超擬真模擬測驗600題》（花田徹也著，日本CosmoPier）這本教材。

我不光寫當中的測驗題，更想盡一切辦法利用這本書，例如把Part7的詳解譯文再轉換成英文、進行朗讀練習等等。雖然這本書是舊制多益用書（尚未發售修訂版），但到了現在仍是相當優秀的教材。

我的另一本教材是《新TOEIC® TEST文法特快車2 重點進擊篇》（花田徹也著，日本朝日新聞出版），這本書後來有出修訂版，屬於《TOEIC® TEST特快車》系列教材之一。

我把Part5反覆寫了許多次，然後出聲朗讀，自然而然地記住了英語搭配詞和介系詞的用法。因為這個緣故，使我在Part5的答題正確率提高到九成左右。

除此之外，我也用過《TOEIC® L&R TEST 900分特快車 Part5&6》（原書名《TOEIC® L&R TEST 900点特急 パート5&6》，加藤優著，日本朝日新聞出版）這本號稱「900分特快車」的教材。這本書的難度相當高，一開始我經常寫錯，心裡感到很挫折，但如果要一題一題仔細解讀，這本是最佳選擇。

Part5的解題策略，首先要確實掌握題型和單字的主要意思，如此一來就能解決大部分的問題。

然後再補足以前不知道（或忘記）的文法知識。

將同一本試題本物盡其用，從頭到尾徹底學習，而非寫很多試題本充數，這就是我戰勝多益的原因。

用現場考試的心態在家寫模擬試題

——目標900分的學習方式

□參加每一回的公開測驗。

□每週完整做三回模擬試題。 ⬇養成日常習慣

□反覆寫同一本試題本。

□專心解決閱讀測驗中不擅長的文章類型。

□聽力測驗以滿分為目標。

□進行聽力的負荷訓練。

□決定好公開測驗的「解題策略」。 ⬇正式考試時保持平常心

TOEIC 900

從TOEIC公開測驗的成績分布圖，可以看到895分以上的人占總數的4.6%，數量非常稀少（參考日本TOEIC官網於2020年度的數據）。

要達到900分，就要做到以下功課。到了這個程度，整體測驗必須要能全面得分。

- 提高閱讀測驗的解題速度。
- 針對不擅長的大題進行特訓。

精通Part7的關鍵

閱讀測驗的部分，我體認到自己必須克服不擅長的文章類型。

不過，在讀解方面，我究竟不擅長「哪些部分」、「哪些情境」？又該如何改善呢？如果不好好思考，多加練習，就不可能克服這種因不擅長而產生的排斥心理。

因此，我分析了自己的情況，如以下列表。

❶

慢慢讀就可以讀懂＝應該是掌握了單字和文法，只有閱讀速度跟不上。

➡如果要花較多時間閱讀，表示自己不擅長該主題。請消除排斥心理，針對那些主題進行特訓。

・振作精神，告訴自己：「我是因為不擅長才不會寫。」

・分析題目的結構，看清楚再寫下答案。

・這麼一來，慢慢就會覺得這些題目「沒什麼大不了」、「以前只是太害怕才不會寫」。

❷

慢慢讀卻還是不懂＝單字或文法仍有待加強。

➡A　**因為有很多不懂的單字，所以讀不懂**＝詞彙不足，背單字改善。

➡B　知道單字的意思，但**不會分析句型，所以看不懂文章內容**＝消除文法弱點。

想攻克不擅長的文章類型，必須要有一顆冷靜的頭腦，不要有先入為主的偏見。累積大量練習很重要，但如果執著在數量上，無異於原地踏步，不會有進步。

在家做模擬測驗也要比照現場考試

我在家裡做模擬測驗時，總是用筆電播放聽力測驗，而且我會把筆電放在房間角落，故意創造一種不太舒適的聽力環境。之所以這麼做，是為了模擬現場考試的狀態。

在正式的公開測驗才嘗試新方法，這是絕對不能做的事。舉例來說，開始考閱讀測驗時，平常明明不從Part7開始，卻在公開測驗時突然這麼做，那就會打亂自己的節奏與步調，事後絕對會後悔。

因此，**建議大家在練習階段就先做各種嘗試**。

在備考階段，就算嘗試失敗了也沒關係。經過反覆的試錯、大量的模擬，事先體驗正式考試的感覺。

反覆寫相同試題本的意義

同一本試題本，我會反覆寫很多次，直到我能毫不猶豫地對下一頁的問題說出「yes！」之前，都不算從該試題本畢業。

・在聽力測驗部分，即便知道內容，也能選出正確答案，但是否全部都聽懂了呢？
・是否能不漏掉連音和冠詞，馬上聽寫出來？
・如果在聽力稿上挖洞填空，能不能迅速地寫出答案？
・能不能正確地將英語音檔翻譯成自己的母語？
・能不能說明Part7閱讀測驗中每一個題組的文法結構？
・是否能正確理解每一個單字的意思？
・看見詳解的譯文時，是否能馬上譯回英文？
・是否能說明錯誤選項的錯誤之處？（尤其是Part5）

試題本不僅僅是拿來解題，應該說，解題只會發生在初相遇時。只有第一次翻閱的試題本，才能用來體驗公開測驗的氛圍。

請著眼於第二次以後的運用。重點是試題本要「如何使用」、「使用哪個部分」。不同的用法甚至能讓我們學幾十次、幾百次，從而得到新發現，看出自己的弱點。

例如閱讀測驗的Part7，寫過一次之後，就會知道文章的內容和答案。

接著就要做以下功課。

- 錯誤的選項為什麼錯誤？
- 題目是在問文章的哪一部分？
- 整篇文章有幾個Not問題？
- 是否能藉由單字找到新資訊？
- 憑藉詳解中的譯文，能不能多少看出文法結構？

一一檢討之後，再做以下練習。

- 朗讀。
- 回譯練習（只看詳解的譯文，試著譯回英文）。

練習到這裡就算是吸收了整本書的內容。這種回譯練習相當於將母語譯文再翻譯回英文，可以讓實力大增，使我們知道自己的不足之處（單字或文法等等）。

取得滿分的必要策略

——目標990分的學習方式

□一天做一回以上的模擬測驗。
□做模擬測驗時，確保有10分鐘的時間可以檢查。
□在7分鐘以內寫完Part5。
□Part5會接觸到各種類型的題目，要培養出解決難題的能力。
□聽力測驗用1.2～2倍的速度練習。
□通勤和午休的剩餘時間全都拿來練習TOEIC。
□像變態一樣把時間和體力都用在TOEIC上。

TOEIC 990

TOEIC990＝滿分＝TOEIC最高峰。

這和我之前挑戰的分數級距，調性完全不同。**想要跨越滿分這個關卡，光有英語能力是不夠的**。根據我的經驗，還需具備以下幾個元素。

・能承受兩小時緊張高壓的耐受力。
・對每一題都能細心快速地作答。
・在平日備考時，就做好自我分析，並發現問題，早期修正。
・要有長期抗戰的覺悟。

除了英語能力之外，以上四項是必備的條件，當每一項都做到時，就可以拿到多益滿分。TOEIC測驗不光要求英語能力，也要求具備時間管理、細心、專注、覺悟等心理素質，我稱之為「**TOEIC能力**」。

我開始挑戰TOEIC的數年之後，才終於拿到了950分，此時首度冒出挑戰990分的想法。但是，滿分的門檻之高，讓我後來又苦讀了兩年，這是當初始料未及的事。

我隱隱察覺到，要拿到TOEIC滿分的成績，光靠英語能力並不夠，還需要加入其他元素。不管我再怎麼砥礪自己，總是難以達到滿分，這必然有英語之外的因素影響其中。回顧自己的備考歷程，我有許多感想。

- 每天都非常焦慮，擔心自己的學習時間不夠多。
- 受到睡眠不足的影響，不小心在聽力測驗時睡著了，實在很糟糕（結果Part2慘不忍睹）。
- 時間管理不佳，沒能在剩下的幾分鐘內完成Part7，心臟撲通撲通亂跳，英文完全讀不進去（只是用眼睛看著文章而已）。
- 「啊～原來是這種題型啊，我早就知道了」，然後沒認真讀Part5的題目就選答案，因而犯了低級錯誤（明明是單純的詞性問題）。
- 心裡覺得只要拼命解題，多花時間學習，就一定可以考到滿分（以為是勞力活）。

過去我參加TOEIC公開測驗或日常學習時，往往會出現以上這些情形。大家一看就知道，這些全都和英語能力沒有直接關連，而是應該自我調整、改善的事情，唯有如此，才是考到TOEIC滿分的祕訣。

TOEIC滿分並非一朝一夕隨便就能達成，提高成績與考到滿分，完全是兩碼子事。

要考到滿分，幾乎不容許犯任何錯誤，還要承受強烈的緊張感。

因此，學習時若能將TOEIC能力時時放在心上，自己的學習方式與生活態度將逐漸發生改變，我相信一定能取得滿分的成績。

因此，對我而言，多益滿分具有非常高的價值。

因此，對那些以多益滿分為目標的人，我衷心地為你加油打氣。

假日一天做五回模擬試題

自從知道有模擬試題，我的學習重心便幾乎以模擬試題為主。

尤其當我決定以９９０分為目標認真備考之後，練習題便清一色是模擬試題。我完全投入於ＴＯＥＩＣ模擬測驗中，以模擬試題為學習主軸。

有一段時間，週末我要求自己每天一定要學習13個小時。

當時的時間表如下（此時的最高紀錄是９７０分）。

- ・模擬測驗１（1.5小時）＋對答案&休息（１小時）
- ・模擬測驗２（1.5小時）＋對答案&休息（１小時）
- ・模擬測驗３（1.5小時）＋對答案&休息（１小時）
- ・模擬測驗４（1.5小時）＋對答案&休息（１小時）
- ・模擬測驗５（1.5小時）＋對答案&休息（１小時）

這樣大約是13個小時。

一次模擬測驗的時間不是2小時，而是1.5小時，因為我把聽力速度調快兩倍播放，當我做完閱讀測驗後（不到75分鐘），就算是完成模擬測驗。

測驗結束後馬上對答案，由於當場複習會花太多時間，總之先稍事休息，便直接進入第二輪。

說實話，我向其他人提到自己的這份時間表時，大家都目瞪口呆，把我當成變態。

令人開心的是，該年我拿到了990分的成績，但並不是在我實施13小時的學習計畫後馬上就達到這個分數。有一段時間我的成績徘徊在980分前後，反覆地上上下下。

我覺得自己對考取滿分已經接近執拗了，但親身實踐的感想真的是「大滿足」。

我以親身經驗了解到，學習時間和解題多寡，與考試結果並沒有直接的關聯。儘管如此，我也不囉唆什麼大道理，只想告訴大家，努力準備考試是我人生中難以被取代的珍貴經驗。

目標滿分！重點在於「不要輕忽」

—Part1的學習法／關鍵的聽寫練習

1. 使用官方試題本練習。
2. 包含錯誤的選項在內，再聽一次四個選項的內容。
3. 每一題都要做聽寫練習。
4. 等四個選項都寫下來之後，就算完成聽寫。
5. 確認答案。
6. 將正確答案與自己寫下來的內容相互對照，看是否有哪裡寫錯。
7. 再聽一次。
8. 反覆朗讀，直到能流暢唸出來。

TOEIC Part 1

接下來，我會按照每一大題，依序為大家介紹該留意的地方，期許大家都能考到滿分。

首先是Part1。測驗一開頭，就是最讓人感到緊張的部分。

「照片描述沒有那麼難」——當我對Part1表現出不甚在意的態度時，就在公開測驗上被打臉了。「咦？我怎麼沒聽到！」那次在現場著急不已的經驗讓我深自反省，是自己太輕忽Part1，於是我決心要一題一題正面對決。

具體做法在本書92頁「提高聽力的特效藥」的內文中也提過，就是做聽寫練習。

聽寫練習需要集中注意力，相當累人，所以我決定一天做10～20分鐘就好，而且不要每天做，是在有時間的時候才進行聽寫，例如週末時段。

這種學習法的優點，在於它可以如實呈現自己聽不懂的地方，讓人確實把握不擅長的部分。

音檔在極短的時間內就會講完，一不注意就結束了，為了避免這種情形，我時刻提醒自己無論如何都要「仔細聆聽」。

只要知道自己的弱點，就能盡全力補強，建立有用的聽力策略。

TOEIC Part 2

死守開頭單字！用母語記憶也OK

——Part2的學習法／記憶保留練習

1	2	3	4	5	6
使用官方試題本練習。	答題不要漫不經心，聆聽時盡可能記住所有的內容。	寫出答案。	對答案，確認自己哪裡沒聽懂。	再次聆聽寫錯的題目，此時也要提醒自己做記憶保留。	如果有時間，將步驟**5**的題目聽寫下來。

寫完Part1進入狀況後，接著來到Part2。**這一大題沒有文字也沒有圖片，只能純粹聽音檔回答問題**。

我直截了當地說，這裡需要的是記憶保留能力（retention），不但要記住題目，就連其後的三個選項也要盡己所能記在腦海裡。

我提倡的記憶保留法很單純，但效果絕佳，請大家務必試試看。

比方說，聽到以「Where～?」開頭的文章時，**腦袋裡就要反覆唸誦「哪裡、哪裡、哪裡」**。

如果不這麼做，乍聽之下很容易認為自己聽懂「Where」這個字，但當音檔播放到選項中的「At noon」時，卻可能突然忘了問題是什麼，心想：「咦?他問的是Where嗎?還是When?」腦袋裡一片混亂。以前我便發生過這種情況。

從此以後，為了不漏聽文章開頭的單字，我便一直使用記憶保留的方法。多虧有這個方法，事實上我在Part2幾乎沒有考差過。

雖然音檔說的是英語，但我們沒必要記英語，**用母語在心裡複述「地點、對象、事件、原因」**，我覺得會好記很多。

記住問題的關鍵資訊
——Part3的學習法／會話題攻略

1 在說明期間就先看題目，選項可看可不看。

2 音檔開始播放後，就不要看文字了，專注聆聽音檔。

3 作答。接著馬上對答案，確認自己寫錯的地方。

4 分析寫錯的原因（是因為聽不懂？還是不明白單字的意思？）。

5 如果原因出在單字上，就去看聽力稿，並立刻背單字。如果是因為聽不懂，就要分析自己哪裡聽不懂。在聽力稿上把自己聽不出來的字用螢光筆標記起來，這樣就能呈現出自己的弱點所在。

6 反覆多聽幾次，試著出聲朗讀（不用逼自己非做不可）。

7 換下一個題組，重複1～6的步驟。

終於進入**真正的會話題**了。這一大題要在聆聽二至三人的對話後選出正確解答，這類型的題目要求考生同時具備聽力與閱讀能力。

解題的訣竅就是**記住題目**（Part 4也適用）。即便解題時才看到選項，時間上也還來得及，一個題組有三個題目，只要記住關鍵資訊即可。

例如，題目為「Where is this conversation taking place?」（這段對話在哪裡發生？），記住「在哪裡對話」就好。如果是「What does the man explain to the woman?」（男人對女人解釋什麼？），那就記住「男人、什麼、解釋」。

只要先記住三個題目中的關鍵資訊，理解該處是題目要考你的地方，聽到音檔播放出正確答案時，一下子就能反應過來。事先明白這個小訣竅，在Part 3（和Part 4）的解題速度就會完全不一樣。

許多題目的問法都是「發生問題➡提案➡解決」，面對這類題型，一樣也是先理解，如此便能考出好成績。

讀詳解中的譯文掌握題型

——Part4的學習法／熟記常見題型

1 全心全意讀懂詳解中的譯文。

2 總之大量閱讀以母語寫成的譯文，了解經常出現的情境與話題，並牢牢記住。

3 用不著一字一句全背。

4 只要了解話語裡的重點即可。

TOEIC Part 4

Part4和Part3雖然形式相同，但音檔中只有一人在說話，其基本的解題策略及思考邏輯與Part3一樣，細節請參考前面的文章。

由於Part4的說話者只有一個人，因此題目以宣布事情的內容居多，例如：通知商店開張、拍賣活動、介紹公司裡獲獎同仁的功績、拉抬營業額的會議提案等等。

我還沒考到900分以前，很不擅長Part4，因為我總帶著莫名的偏見，認為「商業問題＝困難」，這完全是個誤解，TOEIC測驗不會考專業知識。

當我察覺到Part4其實有「**固定題型**」以後，就採用前述1～4的方法準備考試。

如果是以母語寫成的譯文，不但能快速讀完，還可以大量閱讀，就算把Part4一口氣全部讀完也不花多少時間，只要在腦袋裡累積這些題型，到了公開測驗時就會對題目產生一種既視感，心情上肯定也會比較輕鬆。

不要想著什麼都靠英語解決，或用英語學習所有知識，一味這麼做是達不到學習成效的。多益畢竟是考試，有時我們必須利用一些技巧才能得分。所以，**請大家多多善用自己的母語這座大靠山吧！**

透過書寫將弱點視覺化

——Part5的學習法／整理答錯的題目

1 使用官方試題本練習。

2 對答案。

3 閱讀錯誤選項的詳解，消除對該題的疑惑。

4 把寫錯的題目連同四個選項都抄到筆記本上（我先寫在便利貼上，再貼到筆記本裡，如下圖照片所示）。

5 把自己為何會犯錯的重點淺顯易懂地寫出來。

6 每次寫完試題，就依照**4**、**5**步驟把所有寫錯的題目記錄下來。

TOEIC Part 5

從這裡開始，就要進入閱讀測驗了。

Part5考短句，很容易回答，因此答題時要求解題速度，並且注意別一不小心犯了簡單的錯誤。

除此之外，面對Part5時我們很容易憑感覺解題。一個人如果不好好檢討自己的錯誤，就逕自往前走，那便不能有所成長。測驗中會反覆出現相同的題型，儘管如此卻每次考試都寫錯幾題，那麼問題就出在這裡。

改善的關鍵，便是我獨創的「Part5滿分筆記」（請見右頁照片）。

為了掌握自己的弱點，最重要的是做到視覺化，也就是讓自己「看見弱點」。

這或許要花一番工夫，或許會很麻煩，但如果你不能真誠地面對自己的弱點和不懂的地方，那就絕對不會成長，永遠也達不到理想的目標。

自從我開始利用「Part5滿分筆記」的方法學習後，Part5的答題正確率便逐漸上升，同時也能清楚地看到自己的弱點。

如今，我累積的筆記已超過五本，這些都是我的寶貝，是我一輩子的財產。

掌握整體內容後再作答
──Part6的學習法／從選項中推測出答案

1 不要看題目，先從頭開始讀文章。

2 遇到空格時，就讀到該句的句點結束。

3 將題目選項與空格的前後文互相對照。如果確定答案，就在答案卡上塗黑；如果不確定答案，就先保留，繼續往下讀文章。

4 反覆進行1～3步驟（遇到插入句子的題型也用同樣的方法）。

Part6的文章雖然不像Part7那麼長，但要求考生掌握文章的內容，同時也得在空格裡填入適當的詞語。題目當中有一題不是考單字，而是要求考生選擇恰當的句子。

TOEIC Part 6

基本的學習方式和Part5的1∫3步驟一樣，請參考Part5的說明。

這裡不必像Part5一樣將答錯的題目整理在筆記本上，但是要分析自己寫錯的原因，做法如上一頁的1∫4步驟。

Part6最大的重點就是填空，換句話說，如何靈活運用英語的「代名詞」才是得分關鍵。

不想寫錯答案，訣竅就是辨別選項中的代名詞（this、that、who、he、she……）和文章中哪一句一致。如果選項中有「it」，但你無法確定文章中哪一句適合用「it」，那這個選項就是錯誤的。

如果空格裡要填入形容詞、副詞或動詞的話，唯一的辦法便是配合時態從文章脈絡中進行判斷。這部分需要有隨機應變的能力，但不顧品質地快速作答並不保險。

抓住文章整體的脈絡，確認選項在文章中的依據後再作答，才是保險可靠的得分方法。

TOEIC Part 7

不要自行推測，正確答案就在文章中

——Part7的學習法／每天都要練習解題

1	2	3	4	5
使用官方試題本練習（一個題組總共花60分鐘作答）。	對答案。	確認答錯的題目以及不懂的單字和句型。	分析自己為何會答錯。	記錄解題時花費多少時間。

終於來到了長文閱讀單元，這一大題可說是測驗的「大魔王」。自從TOEIC改為新制後，便增加了題目數量，並新增單一題組內需要閱讀三篇文章（TP）❺的題

型，乍見之下好像很難，但實際字數卻沒有差多少，大家不必恐慌。

每天都要練習Part7，就算一個題組、兩個題組也可以，公開測驗當天不應當是你讀最多英文的日子。

因為Part7的分量很多，因此不用像Part5那樣做筆記，但仍要仔細分析自己答錯的題目。尤其是換句話說的部分，因為和單字錯誤有關，**如果有不懂的表現或單字，就要馬上背下來**。基本的學習方法如前述的1～5步驟。

步驟1請從第195～200題開始答題（從後面寫回來）。

步驟2～4若遇上換句話說的題目寫錯，就抄在便利貼上，當作「Part5滿分筆記」的一部分貼在筆記本裡。

步驟5最多只能用60分鐘作答，目標是在60分鐘內完成（高負荷訓練）。

---

❺ TP即為Triple Passages的縮寫。後文提及的DP、SP則分別為Double Passages與Single Passages的縮寫。

這裡最大的重點是「從後面寫回來」。不管我跟誰說，大家都很驚訝，我也沒看過有人這麼做。為什麼我要從後面寫回來呢？因為我想趁時間充裕的時候，趕快完成分量較多的三篇文章題組。換句話說，我認為的優點如下。

- 趁時間充裕時先收拾繁重的三篇文章題組（ＴＰ）。
- 接著依序往前寫兩篇文章題組（ＤＰ）⬇單篇文章題組（ＳＰ），閱讀分量愈來愈少，精神上便愈來愈輕鬆。

許多人在寫Ｐａｒｔ７時，最大的煩惱就是時間不夠。一旦時間不夠，人就會感到焦躁不安，很難把長文好好讀進腦袋裡，更遑論三篇文章的題組，這就是現實情況。

如果是這樣的話，何不一開始就先讀三篇文章題組呢？從容閱讀不但使人提高正確率，也更有繼續答題的動力。妥當管理時間，同時也控制好自己的精神狀態。

多練習這種方法，就能逐漸掌握時間節奏，答題確實會變得更加容易。在模擬測驗進行充分的練習以後，再到正式測驗裡試試成效。

我在閱讀文章之前會先看題目，這與聽力測驗的Part3、Part4是一樣的方法。只要事先把握住「地點、人物、時間、事件」等關鍵字，閱讀時就能推測出正確答案在文章中的位置。

此時，不記得題目的所有內容也沒關係，就算想記也記不住，反正答題時還是要將題目再讀一次。

TOEIC終究是一種考試，不是單純的文章賞析，如果不專心閱讀的話，就不能選對答案。我們不光要讀得快，還必須迅速從中擷取正確資訊，答案的線索必然藏在文章裡。答題時別先入為主地想著「這種題型選這個準沒錯」、「一般來說應該會是這個答案」，不要讓自己的想像或常識影響判斷，這才是提高正確率的祕訣。

Column

英語實力大補丸「心・技・體」，找出適合自己的生活型態

我曾經相當煩惱要如何提高TOEIC測驗的分數。

「總之，只要大量練習，成績自然就能提升了」——彼時的我如此相信著。

然而，彷彿和學習時間成反比似的，我的成績時進時退，並不穩定。

我每天用盡各種方法學習，一次又一次地報考TOEIC公開測驗。

老實說那真的很痛苦。在寫我最愛的TOEIC時，能專心致志地答題是多麼有趣呀！我想考滿分，但卻一直無法達成目標，這讓我的心情很煩躁。

「我何時才能從這種痛苦中解脫？」看不見的未來令我不安。

沒有人能告訴我答案。

當我苦苦掙扎時，發現了先前提到過的「TOEIC能力」，此後我便重新看待TOEIC與公開測驗，並調整相關的思考方式、學習方法以及生活型態。

換句話說，便是調整「心・技・體」。我徹底調查了如何強化這三點的方法，深入思考，創造出適合自己的一套方法。

於是一直停滯不前的成績開始往上提升到980、985分，更新了自己的最高紀錄。

最後終於考到了我心心念念的TOEIC滿分。

我在Chapter3寫的便是「技」的部分。

「體」即為生活型態，這不僅限於TOEIC，凡是自學英語的人都能從中受益，因此我指導英語時一定會告訴學生。要掌握自己現在的生活，尤其以本書58頁所提到的「學習紀錄」最有效。

自己在一天當中做了什麼事？是否依照預定進度學習？今天一整天用什麼心情

過日子？把這些記錄下來非常重要。

如果不持續觀察自己的時間運用方式、生活型態，就不知道時間被浪費在什麼地方，生活上還有哪些不足之處。

我以前對自己的體力過度自信，一天睡三小時是家常便飯，因此經常發生工作時不小心睡著，好不容易才清醒的情況。

總之，當時的我非常珍惜時間，把健康管理擺在第二、第三順位。

結果遭到了報應，我在TOEIC公開測驗中也曾不小心睡著過……這件事告訴我健康管理（包含心理層面）的重要性。

學習並不是只做一天就好。

請大家重新檢視自己的生活型態，要在「長期持續」的前提下訂立學習計畫。

接著，最重要的一點是「心」，這是自學者永遠的共通課題。

有些人雖然知道卻做不到，因而沒學習、不努力，這樣一來就很難進步……。

所以，最後的Chapter4，我會把焦點擺在「心」上。

Chapter 4

將「做不到」轉變成「想努力」的自學心理

01 捨棄無用的「三個想法」

——「數字」、「規則」、「比較」毫無意義

當我們開始學英語後，很容易變得這個也要、那個也要，不知不覺間增加了很多工作量，其實我們的首要之務，應該是整理自己的思緒。以下我選出三個該捨棄的想法，接著就來一一介紹。

1 停止被數字綁架

考試的成績和結果，表現的是考試時的狀態，那已經是數週以前的事了，現在的自己和當時完全不同。不管是誰，只要一提到自己的事，就容易變得悲觀、自卑，陷入自我厭惡的負面情緒。在成長的過程中，我們必須學會認同自己。數字的確很重要，但也不要被數字綁架了。

2 停止訂定規則

訂定許多嚴格的目標，只會變成一種壓力。給自己太多的負荷，不但讓自己一整天都充滿挫敗感，還會陷入自我厭惡的惡性循環中。如此一來，心理上就會進入放棄模式，認為是「自己不行」、「英語太難」。請不要故意削減學習能量，自己滅自己的威風。

稍微提高一點學習門檻剛剛好，不過，有某幾天將門檻放低一些也沒關係。

假如今天學不完，明天再繼續也不遲。

3 停止與他人比較

參考別人的學習方法是好事，但很多人容易把自己拿來跟別人比較——「他能做得那麼好，我竟然只有這點程度……」這種想法也會讓自己失去學習動力。

為了不和他人比較，建議大家乾脆切斷與社群媒體的互動，或者好好想清楚「別人是別人，與自己無關」。

這裡最應該把握的重點，是自己成長了多少。**我們要和昨天的自己比較**，如果因為和他人比較而貶低自己，就不能重獲新生。

02

跳脫舒適圈

——舒適圈外有一個全新的自己

剛開始學英語時，對於多年不曾再接觸英語的我而言，每天學習真是件難受的苦差事。

重拾英語是件辛苦的事，白天有一份全職工作的我，下班後已經很疲憊，晚上實在無法專注學習，但是如果不學習，成績就無法提升。「該如何創造學習時間呢？」煩惱到最後，我試著做Chapter1提到的早起朗讀30分鐘。

每天30分鐘，這並不是什麼大不了的數字，對我來說卻已經是相當大的挑戰。

不習慣的早起學習，不習慣的朗讀，天天不間斷，我也有想休息的日子，即使如此，依然堅持了下來。

這麼做之後，我的英語漸漸變得愈來愈好。一開始我從入門篇教材（中學一年級程度）學起，英語進步後就愈來愈享受，如同刷牙般成了一種習慣。當我能完完整整背誦出英文時，那種成就感真是無與倫比，令我激動得微微發抖。

而且，朗讀之後，我的腦袋一片清明，隨後沐浴在清晨的陽光中出門上班，那種爽快感至今我仍記憶猶新。

這就是我「脫離舒適圈」的初體驗。如果沒有這場體驗，我現在的英語能力仍然掛零，仍做著追求高薪的工作吧。

我現在還是有很多想做的事，但光是在腦海中描繪藍圖，絕對不可能有結果。現在擁有的東西、身處的環境，都是愜意的舒適圈，如果不下定決心從這裡跳出來，就不會得到新的體驗。

跳脫舒適圈並不意味著對自己嚴格，僅僅是想嘗試一些不曾做過、看起來很困難的事情而已。大家不妨試著從舒舒服服的狀態中離開，去看看外面的世界。

03 不要三分鐘熱度——別當一個沒有恆心的人

從前的我曾在某一刻突然下定決心，打算重新開始學英語，於是去書店逛了好幾趟。書店的架上陳列著許多充滿魅力的書——《只要〇小時就能精通英語！》、《用中學英語流暢對話！》、《一個月進步300分以上的TOEIC學習法》……等等。這裡所謂的魅力，指的是看起來輕鬆愉快的意思。我在書店裡翻閱這些書，讀了些許內容。

「原來如此！我懂了，竟然有這種方法，只要這麼做就行了！」

一想到自己將能說出一口流暢的英語，達成精通英語的目標，心中便激動不已，一口氣買了兩、三本書回家，直到上床前那股熱情都未曾冷卻，隔天更迫不及待地開始學習。

「咦？怎麼回事？」

我翻閱著一頁頁的內容，終於意識到一件事。

「昨天看起來這麼有魅力，真的要開始做卻那麼麻煩。」——這個想法令我一陣心驚，昨天還燒得轟轟烈烈的幹勁，經過一個晚上之後竟然萎靡殆盡。我買回來的書全都堆積在書架上沒有動。

經過了幾個月之後，我又心血來潮地跑到書店去，在參考書的陳列架前燃起熊熊鬥志……。

這就是三分鐘熱度的狀態。

剎那間滾滾沸騰，隨即迅速冷卻。

長期來看，這種狀態不會有很大的改變。

其原因不僅在於意志問題，跟環境也有關係。

很多事情不是單憑人的意志力就能克服的。

為了在現實上逐漸接近自己理想的目標，除了要借助強制力與周遭的力量，也需要改變環境。對我來說，那便是參加TOEIC公開測驗。

請大家務必去查詢下次的考試日期，試著報考看看，有時候要強制自己動起來。

04

一切都從「學習」開始

——唯有行動才能改變現實

日本作家渡邊淳一的作品《被源氏所愛的女人們》（原書名《源氏に愛された女たち》，日本集英社）中，有這麼一段話。

「……不知是幸或不幸，男女間的問題並非靠著閱讀、在學校上課或是由父母教育就能明白。（中略）男女之事終究不是知識，只有透過體驗和實際感受方能知曉。」

由此可知，戀愛並非知識，需要親身經歷後才能明瞭。

學習英語亦同此理。即使你得到了強者的建議，或買齊了大家推薦的試題本，把自己的硬體條件弄得和周圍的人一樣，之後會怎麼發展仍要看個人的造化。

該怎麼活用別人給的建議？如何使用買來的試題本？全都要靠自己判斷思量。外在因素固然能為我們帶來知識和種種事物，卻無法進一步成為我們的經驗。

總之大家先做做看，去嘗試犯錯。

事前先思考當然很重要，但唯有用自己的身、心體驗過後，才能看見未來的方向。

輸入知識是令人愉快的作業，相較之下，需要自己應用出來的輸出作業不但麻煩，也會造成心理上的負擔。

但唯有行動才能改變自己的現狀。任何事都要親身實踐，很多時候，沒有經歷過痛苦就不會明白。

換句話說，如果逃避痛苦，人就無法蛻變。

你有沒有徹底改變現狀的行動力？接下來的學習是否能一帆風順，關鍵就在這裡。

05 訂做自己專屬的學習模式
——不用配合旁人的習慣

以前，曾經有一位尋求顧問諮詢的學生跟我說：「我不能建立起自己的學習模式，總覺得不是很踏實。」

這位學生一心認為早起肯定有好處，所以很努力地早起學習，但卻無法集中精神，總是會不小心睡著……這令他感到很煩惱。

面對他這種情況，我當時的建議如下。

「包括我在內，最近的確有愈來愈多早起學習的人，但這並不表示每個人都要調整成相同的狀態。

自己適合在早上還是晚上學習，要試試看才知道，雖說身邊的人都這麼做，但你未必要跟大家一樣。」

每個人的學習時間、時段、使用教材、學習方法，其實千差萬別。

如果自己的做法剛好有效，當然會向其他人推薦，或在社群媒體上分享，這是很自然的事情。

事實上，我也是晨型人，也會在推特上建議大家早起活動。

但是，要辨別這種作息適不適合自己，唯有自己才做得到。面對資訊充斥的世界，我們不能照單全收。

多方嘗試是好事，一旦發現不合適，便無須勉強自己繼續做下去。

如果覺得某個方法不錯，或者是大家一致推薦的做法，那就試著做做看。

至於之後要不要繼續，不妨相信自己的感覺。

用這種態度建立起來的方法，就是自己專屬的最佳學習模式。

06

合不合適，感覺很重要

——尋找自己的最佳教材和學習法

關於英語教材及學習法，外面充斥著各種資訊，甚至到了氾濫的地步。拜這種情形所賜，人們才能沒有壓力地輕鬆學習，這算是優點，但另一方面，由於選擇太多，有時也令人感到不知所措。

我以前就是這樣，一下子覺得那個方法很棒，一下子覺得這個教材不能錯過，經常追著潮流跑，完全陷入消化不良的窘境。後來雖然漸漸確立自己的學習法，但是花了非常長的時間。

想建立起自己個人的學習法，首先要做的是模仿，這點無庸置疑。一開始先依樣畫葫蘆，照著別人的方法試試看，再判斷是否適合自己。

不過，比起教材的品質、數量和評價，此時最重要的是自己的感覺。

「身邊的人全都用這種方法」、「這是知名的〇〇老師的新書」，你是否正因為這些理由而強迫自己埋頭苦讀？

或者心裡覺得某種學習法雖然沒什麼效果，但卻堅信只要自己繼續做，哪天一定會有成效呢？

在上一主題中，我告訴大家不用配合旁人的習慣，這是因為我覺得很棒的方法，也有可能不適合某些人。

即使不斷洗腦自己，硬逼自己接受，也得不到良好的成效。

尋找能讓自己真正提高熱情的教材和方法，再加以嘗試，如果覺得不合適，拋開不做也無妨。

反覆這樣的試錯過程，直到發現自己打心底認同的教材與方法，再持之以恆地學習。

如此才能有所成就。

07

下定決心從生活中減少部分活動

——選擇必要事物，勇敢斷捨離

回首從前的英語學習歷程，我總是不停地增加新事物。例如購買許多新的試題本，或者在網路上看到別人的學習方法就拿來嘗試，把自己搞得焦頭爛額，幾乎要負荷不了。

我要做的事情不斷增加，自己給自己一大堆負擔，因而身陷情緒焦躁的惡性循環中。為了提高多益分數，我一心一意地學習英語，卻落入這種狀況，實在是苦不堪言。是我把自己逼入困境，但這是本末倒置的做法，在應該集中精力學習之前，就承受了過多的壓力。

而且，這都是自己製造出來的壓力，是過度增加課題與作業量的結果。換句話說，是我太貪婪了。察覺到這一點後，我便開始減少自己的活動。

・刪減使用社群媒體的時間。
・刪減看電視和其他娛樂的時間。
・把使用教材濃縮為三項。

我一口氣處理掉參考書的故事，正如本書35頁所提及的。

刪減比增加更重要，這麼做才會帶來良好的成效。我改變了自己的想法，與其花時間增加新的參考書或新的英語工具，不如選擇用更簡單的方式學習。這個做法果然奏效，我之前一直停滯不前的多益成績逐漸進步了。

停止做某些事情、刪減教材數量，這些行為所帶來的不安感轉眼即逝。選擇對自己而言必要的事物，不要想太多，只要把現在需要的東西握在手裡就好。當你開始懂得放手，必然就能開始掌握屬於自己的學習法。

08 強行創造學習情境——環境超越個人的意志力

我從某個YouTuber的影片中，知道了Lingoda這間來自德國的線上語言學校。

我懷抱著興趣，挑戰Lingoda推出的「三個月密集法語會話課程」，並順利達成任務。這是一種現金回饋課程，挑戰成功者將得到學費全額退費。

課程要求學員每天上課一小時，絕對不能遲到早退，雖然非常嚴格，但我還是全程上完了。

約十萬日圓的學費完全免費，而且還能天天線上學法語。

在這裡我學到了一件事，那就是「環境超越意志」。

雖然我對法語有興趣，但每天都要在固定時間上一小時的法語課，老實說，有時我也覺得很辛苦。有幾天我幾乎就快遲到了，或者也會煩躁地想做其他事情。

可是，「全額退費」的獎勵實在很誘人（笑）。

時間只有三個月，既然決定了，就要全力以赴。這段期間並沒有人要求我取得什麼資格，或達到什麼了不起的成就，只要以平常心參加課程就行了。

感謝有這項課程，結果我的法語有了相當大的進步。

如果不是每天強行創造出學習環境，我可能不會有那麼強的持續力。

只要意志堅定，便會有所成就——有些人會因為這樣的信念而努力。

而為了激發堅定的意志，打造合適的環境正是重要的手段之一。

讓自己處於非做不可的狀態，也許是向家人宣告自己的計畫、在社群網站上報告、與朋友一起設定「偷懶就罰錢」的制度……方法不勝枚舉。

你不用怨嘆自己的軟弱，無論是誰都可能會懈怠，軟弱是很正常的事。

正因如此，我們才要借助外力來克服這樣的狀態。

整頓好內在、外在的雙重環境

——學習前最重要的是自己的身心狀態

09

以下1～6的項目，請大家檢視自己是否能馬上做出肯定的答覆。

1 你會在固定時間坐在書桌前學習嗎？
2 你用來學習的房間是否整齊乾淨？
3 你的身心狀態是否健康？
4 你和家人及情人的關係是否順利？
5 你的工作是否順利？
6 你在工作上是否有良好的人際關係？

如果有任何一個否定的答案，你就沒辦法全心全意地專注學習。

有段時間，我的工作壓力很大，而且比起工作內容，人際關係更令我感到挫敗，我每天都在回家路上痛哭。於是，我在學英語時完全不能進入狀況。別說進入狀況了，我滿腦子都是職場上的事，想著明天還得去地獄上班的畫面。

即使如此，好在有家人和朋友的鼓勵，我才能克服這段低潮。

整頓環境指的不僅是物理上的環境，還包括精神上的環境。

問問自己，是否能毫無顧慮地專注在目標上和學習上？

「在家庭、工作及人際關係上雖然不順利，但卻維持著絕佳的學習狀態！」這種人我從來沒見過。

人生於世，就是有很大程度會受到周遭環境的影響。

請大家再次想一想，現在的狀態能讓你全心投入學習當中嗎？

如果答案是否定的，又該如何改變自己的狀態呢？

10

別急於求成，繼續做就會成功

——接受現實，不焦躁

關於英語學習和TOEIC測驗，以下是我最常被問到的三個問題。

「明明努力學習了，怎麼成績卻沒有進步？」

「怎麼做才能聽懂英文呢？」

「怎麼做才能提高閱讀的速度？」

這些我都懂。真的是很讓人焦躁對吧。

心理上已經遠遠跑在前頭了，能力卻一直跟不上。考試成績不如預期、寫不出答案、得不到理想的結果……。

但是，請大家稍微想一想，你開始學英語之後，究竟花了多少時間和精力在上面呢？比方說，假設有一個人至今都沒什麼接觸英語，忽然決定去報考TOEIC測驗，而且還說下次的TOEIC公開測驗要考到900分，周圍的人要是聽到了，都會覺得他是在大放厥詞吧。

人對於任何事都希望馬上看到成果。只要能有好的成果，自然就不會再糾結煩悶，心情感到舒暢無比。但是，現實可沒有那麼簡單。人生不如意十有八九，有時候我們會因為不可抗拒的因素而感到不開心。

只有接受現實，老老實實繼續學習的人，才能得到美好的成果。得到美好成果的人，總是不斷學習、思考、下苦功，拼命地向下一個階段邁進。他們不會悠悠哉哉地去找能輕易破關的方法，因為他們知道，如果不拼盡全力，就得不到心中期待的成果。

所以請放下焦慮，穩穩地踏實前進吧！

11

認同自己，丟掉驕傲的自尊心

——英語將漸入佳境

學英語時，你是否曾有這樣的想法？「我頭腦不好所以才不懂」、「因為我和〇君不同，做不到也是沒辦法的事」、「我是不是要放棄學英語比較好」。

倘若你認為自己現在正處於這種學習狀態，那就有些自以為是了。

這是持續學習英語好幾十年的人，才會有的煩惱吧。

否則，你就只是被自己的自尊心和急性子給絆住而已。

有時候，我們的自尊心會阻礙語言學習的進展。一旦沒有進步，便想立刻放棄學習——這就是自我意識過剩。

遇到這種情形，我就會想起某位老師的話：「即使跌了一跤，即使有所疑惑，還是要持續下去，不然語言能力就絕對不會進步。」

持續——能長年累月持之以恆的人究竟有多少呢？

多數的人都是在中途放棄、感到挫敗，不知何時便停止學習了。我周圍就有很多這樣的人。

英語學習就像是沒有終點的旅程，正因如此，才顯得無比有趣。

語言是由人類所創造的。我也反覆強調了很多次，只要你實際演練，必定可以理解，而且會愈來愈熟練。就是因為心浮氣躁，想馬上看到成果，才會產生煩惱。

每個人都一樣，一天能做的事情、能記住的東西有其限度。

問問自己，在這件事情上累積努力了多少天？一切的關鍵就在這裡。

一天進步一毫米就好。

認同現在仍做不好的自己，捨棄奇怪的自尊心，這樣你會快樂很多。

12

突破之日必將到來
——持續學習，前進速度愈來愈快

我是在出社會以後，才開始重新學英語。

回想上一次認真面對英語，已經是大學入學測驗時的事了，之後我的英語程度便停滯不前，因此很多單字和文法都已經忘光光。再加上後來我想報考的是多益測驗，所以非得針對考試進行準備不可。

我很清楚眼前的功課堆積如山，但自己卻完全使不上力。

這讓我深深感受到現實的殘酷，每天都過著心急如焚的日子。

「為什麼沒有進步？為什麼忘了這麼多？為什麼看不懂？」

我每天都不停地嫌棄自己、苛責自己。

然而，就在我持續努力的過程中，某一天，忽然覺得自己似乎「懂了一點點」。

這種「懂了一點點」的感覺，如果繼續累積，就會慢慢加快理解速度。

我也確實感受到，自己的解題速度和記憶速度都跟著提升了。

因為持之以恆地學習，才會出現速度一下子加快的瞬間。

剛開始非常辛苦，那表示你正走在平台上，眼前就是上樓的階梯了。

當然，這是肉眼看不見的階梯，所以更令人焦躁，以為自己上不去。

但是，確實離階梯愈來愈近了，就在某一天，當我們和平常一樣往前踏一步，竟一腳踩上了階梯。

「啊！我懂了！」就這樣突破了一個小小的關卡，瞬間進入下一個階段。

只要體驗過一次，就不會再感到挫敗，更不會中途放棄，而能夠安心地繼續努力。

如果你現在感覺很辛苦，表示你正位於階梯前的平台上，接著一定能走上那一座無形的階梯。

13 學英語沒有「萬用魔法」

──「喜愛英語」的人更加強大

一直以來，我嘗試了許許多多的英語學習法，終於發現了一件事。

也就是，無論用什麼教材或學習法，其實都沒有太大的差異。

事實上，一開始學英語的人雖然很多，但在中途放棄、受挫的人也很多，現實便是如此。這並不表示那些教材和學習法很糟，只是因為有人無法持續到最後而已。換句話說，學英語很要求自己的心理素質。

「萬人適用的最佳英語學習法」──很可惜，這種魔法並不存在。

在不斷試錯的過程中，尋找適合自己的學習法，持之以恆徹底執行，還要確實設定自己的目標，鍛鍊心理強度，這些你是否都做得到呢？

一切勝敗便取決於此。

鍛鍊心理強度聽起來好像非常困難，簡而言之，就是讓自己成為「喜愛英語的人」。

追求語言能力的提升固然重要，但在此之前，要讓自己打從心底喜歡學英語。「因為喜歡英語所以才報考測驗」、「因為喜歡英語所以想學更多」——請好好珍視這樣的心情。

如果你的目標是成為英語很厲害的人，那會很辛苦，因為任何事情都是人上有人，天外有天。

「為了喜愛而學」是最強的境界，舉世無可匹敵。

喜愛英語的人馬上就會習慣英語環境，當下瞬間進入狀況。

而且他們總是一路領先，因為喜愛之情難以估量，不會輸給任何人。喜愛會帶來強大的能量，展現在種種事物上。

既然排除萬難來學英語，那就不要緊緊皺著眉頭，讓我們一起感受學習的喜悅吧！

時間有限，首先要踏出第一步

我的母親因膀胱癌而過世時，令我深刻體會到時間有限的道理。

母親享壽六十一歲，比自己的父母還要早離世，當時我的外祖父母兩人都依然健在。這件事給我帶來很大的衝擊。目前日本人的平均壽命，男女都在八十歲左右。「我和自己的父母也能活到那麼老吧！」雖然一點根據都沒有，但那時候的我理所當然地這麼想。

現實卻背道而馳。雖說母親努力與病魔對抗了好一陣子，但死亡卻轉瞬間降臨。

母親過世前一年，我完全無法想像一年後沒有母親的日子，總以為人生還很長，我們還有充足的時間，是我輕忽了。

epilogue

然而，一個人會在什麼時候發生什麼事，誰也不知道，母親的死讓我明白了這個道理。如今，我每天都非常珍惜自己的時間。

拿起本書閱讀的你，應該就是抱著「想提高英語實力」、「想重新學習英語」的心情。

你要「何時」開始呢？「總有一天」嗎？

每個人都有各自熟悉的環境和生活方式，但也一樣一天有二十四小時，毫無例外。我們其實是有時間讀書的，閱讀本書之後，不妨打鐵趁熱，馬上就開始。

延後學習一點好處也沒有。大家要珍視自己的學習熱情，大膽踏出第一步。

無論是誰，一開始都是初學者。

英語是一門需要多學、多背的學科，這也是事實。

但是任何事情都一樣，無論做什麼事，一開始都是最辛苦的，因為這段時期有很多不懂、不會的知識。如同本書經常提到的那樣，透過每天持續不斷地努力，困難便會慢慢消失。只要堅持下去，必定能將其化為自己的能力。

英語是一種語言，不是只有少部分的人才能學會，也不要求特殊的能力和本領。只要反覆做聽、說、讀、寫的練習，一定能夠熟練掌握。

大家之所以無法踏出第一步，只是因為對學習要付出的時間和勞力有所抗拒。其實只有最初的那一步需要多花點力氣。若用自行車來比喻，就像是一腳踩下踏板後，車輪就會開始轉動一樣，非常有趣。就算不再繼續施力，車子也會加快速度繼續前進。

當你發現自己灰心喪氣、挫折連連時，請務必翻開本書，找找看用得上的方法，哪怕一、兩個也好，都可以在自己的生活中試試看。

我就是靠著自學，出了社會後邊工作邊學英語，一直走到今天的位置。

epilogue

你一定也做得到，努力絕對不會背叛你。

這本書是為了那些想學英語、想重新開始的讀者而寫，但願你們都能實際做做看。

期許今後將有愈來愈多的人懷抱著希望學習英語。

我真誠為此祈禱。

在本書完成之際，由衷感謝所有支持我的人。

真的非常感謝各位。

其中最感恩的，是生前對我說「總有一天你肯定會出書」的母親。

生我、養我、支持我的母親。因為有母親在我身邊，才有如今在這裡的我。

我才能夠在這裡向許多人分享自己的經驗。

我要向最愛的母親獻上感謝。媽媽，謝謝您！

Aki

國家圖書館出版品預行編目（CIP）資料

上班族很忙也能考高分的英語自學法／Aki著；游念玲譯.
-- 初版. -- 臺中市：晨星出版有限公司, 2023.06
224 面；14.8 × 21 公分. -- (語言學習；35)
ISBN 978-626-320-445-4(平裝)

1.CST: 英語 2.CST: 讀本 3.CST: 學習方法

805.18 112004766

語言學習 35

上班族很忙也能考高分的英語自學法

英語で人生が変わる独学術

作者 Aki
譯者 游念玲
編輯 余順琪
特約編輯 鄒易儒
封面設計 ivy_design
美術編輯 王廷芬

創辦人 陳銘民
發行所 晨星出版有限公司
407台中市西屯區工業30路1號1樓
TEL：04-23595820 FAX：04-23550581
行政院新聞局局版台業字第2500號
法律顧問 陳思成律師
初版 西元2023年06月15日

線上讀者回函

讀者服務專線 TEL：02-23672044／04-23595819#212
讀者傳真專線 FAX：02-23635741／04-23595493
讀者專用信箱 service@morningstar.com.tw
網路書店 http://www.morningstar.com.tw
郵政劃撥 15060393（知己圖書股份有限公司）

印刷 上好印刷股份有限公司

定價 330 元
（如書籍有缺頁或破損，請寄回更換）
ISBN：978-626-320-445-4